MW01379652

Auf Expedition mit dem magischen Baumhaus

Alle **Baumhaus-Sammelbände** auf einen Blick:

Abenteuer mit dem magischen Baumhaus
Mit dem magischen Baumhaus um die Welt
Auf Expedition mit dem magischen Baumhaus
Geheimnisvolle Reise mit dem magischen Baumhaus

Mary Pope Osborne

Auf Expedition mit dem magischen Baumhaus

Produktgruppe aus vorbildlich
bewirtschafteten Wäldern und
anderen kontrollierten Herkünften

Zert.-Nr. SGS-COC-1940
www.fsc.org

ISBN 978-3-7855-6406-6
3. Auflage 2009
Sonderausgabe. Bereits als Einzelbände unter den Originaltiteln
Dolphins at Daybreak (© 1997 Mary Pope Osborne),
Ghost Town at Sundown (© 1997 Mary Pope Osborne),
Lions at Lunchtime (© 2000 Mary Pope Osborne),
Polar Bears Past Bedtime (© 1998 Mary Pope Osborne) erschienen.

Erschienen in der Original-Serie *Magic Tree House*™.
Magic Tree House™ ist eine Trademark von Mary Pope Osborne,
die der Originalverlag in Lizenz verwendet.

Als Einzeltitel in der Reihe *Das magische Baumhaus* sind bereits erschienen:
Der Ruf der Delfine (1), *Das Rätsel der Geisterstadt* (2), *Im Tal der Löwen* (3)
und *Auf den Spuren der Eisbären* (4).
Aus dem Amerikanischen übersetzt von Sabine Rahn
Innenillustrationen: Rooobert Bayer (1, 2, 4), Jutta Knipping (3)
Umschlagillustration: Jutta Knipping
Umschlaggestaltung: Christian Keller
Printed in Germany (007)

www.loewe-verlag.de

Inhalt

Der Ruf der Delfine

Das Rätsel der Geisterstadt

Im Tal der Löwen

Auf den Spuren der Eisbären

Der Ruf
der Delfine

Meister-Bibliothekare

Philipp schaute zum Küchenfenster hinaus.

Die Sonne war noch nicht aufgegangen. Doch der Himmel wurde bereits etwas heller.

Philipp war schon lange wach. Er hatte über seinen Traum von letzter Nacht nachgedacht – einen Traum über Morgan.

„Das Baumhaus ist wieder da“, hatte Morgan im Traum zu ihm gesagt. „Ich warte auf euch.“

Philipp wünschte sich, dass Träume wahr sind. Morgans magisches Baumhaus fehlte ihm sehr.

„Philipp!“ Seine Schwester Anne stand plötzlich in der Tür. „Wir müssen in den Wald. Sofort!“, sagte sie.

„Warum?“, wollte Philipp wissen.

„Ich habe von Morgan geträumt!“, antwortete Anne mit strahlenden Augen. „Sie hat mir im Traum gesagt, das Baumhaus sei wieder da und sie warte auf uns!“

„Hey, das habe ich auch geträumt“, sagte Philipp verblüfft.

„Wirklich?“, fragte Anne. „Dir hat sie es auch gesagt? Dann muss es ja um etwas sehr Wichtiges gehen.“

„Unsinn, Träume haben doch nichts mit der Wirklichkeit zu tun“, meinte Philipp kopfschüttelnd.

„Stimmt, manche Träume nicht. Aber dieser schon“, erklärte Anne. „Ich spüre es.“ Sie öffnete die Hintertür. „Also, dann bis nachher!“

„Warte, warte! Ich komme mit!“, rief Philipp.

Er stürmte die Treppe hinauf. „Dass Anne und ich denselben Traum hatten, muss eine Bedeutung haben“, dachte er.

Er schnappte sich seinen Rucksack und warf rasch sein Notizbuch und einen Stift hinein.

Dann rannte er wieder nach unten.

„Wir sind bald zurück, Mama!“, rief Philipp ins Wohnzimmer.

„Wohin wollt ihr denn schon so früh?“, fragte sein Vater verwundert.

„Nur ein bisschen spazieren gehen“, antwortete Philipp.

„Vergangene Nacht hat es geregnet“, meinte seine Mutter. „Passt auf, dass ihr keine nassen Schuhe bekommt.“

„Ja, ja, wir passen auf!“

Und schon war Philipp zur Tür hinausgestürmt. Draußen wartete Anne auf ihn.

„Gehen wir!“, rief sie ungeduldig.

Der Himmel war blassgrau, und der Regen hatte die Luft gereinigt.

Philipp und Anne rannten durch die Straße, in der sie wohnten, in Richtung des Waldes von Pepper Hill.

Sie rannten an hohen Bäumen vorbei. Bald kamen sie bei der höchsten Eiche im ganzen Wald an. Ganz oben in ihrem Wipfel sahen sie ein Baumhaus.

„Es ist wieder da!“, flüsterte Philipp überglücklich.

Jemand schaute zum Fenster des Baumhauses heraus – eine reizende alte Dame mit langen weißen Haaren. Morgan.

„Kommt herauf!“, rief ihnen die Zauberin und Bibliothekarin zu.

Philipp und Anne kletterten die Strickleiter hinauf ins Baumhaus.

Im Licht der Morgendämmerung sahen sie Morgan vor sich stehen. Sie sah wunderschön aus in ihrem roten Samtkleid.

Philipp rückte seine Brille zurecht. Er lächelte zufrieden vor sich hin.

„Wir haben beide von Ihnen geträumt!“, sagte Anne.

„Ich weiß“, antwortete Morgan.

„Echt wahr?“

„Natürlich, ich habe euch den Traum doch geschickt“, erklärte Morgan. „Weil ich eure Hilfe brauche.“

„Welche Art von Hilfe?“, erkundigte sich Philipp.

„Merlin der Zauberer arbeitet wieder mit seinen alten Tricks“, sagte Morgan. „Deshalb hatte ich in den letzten Wochen leider keine Zeit mehr, neue

Bücher für die Bibliothek von Camelot zu sammeln."

„Können wir sie nicht für Sie sammeln?", fragte Anne.

„Ja, aber damit ihr mit den Büchern durch die Zeit reisen könnt, müsst ihr Meister-Bibliothekare sein", erklärte Morgan.

„Oh", sagte Anne betrübt.

„Aber ihr könnt Meister-Bibliothekare werden", fuhr Morgan fort. „Ihr müsst nur den Test bestehen."

„Wirklich?", fragte Anne.

„Was für einen Test?", erkundigte sich Philipp.

„Ihr müsst unter Beweis stellen, dass ihr wisst, wie man Nachforschungen anstellt", erläuterte Morgan. „Und beweisen, dass ihr auch für schwierige Rätsel die Lösung findet."

„Und wie?“, wollte Anne wissen.

„Indem ihr vier Rätsel löst“, antwortete Morgan. Sie griff in die Falten ihres Samtkleides und zog eine Schriftrolle heraus.

„Das erste Rätsel steht auf dieser alten Schriftrolle“, sagte sie. „Und dieses Buch hier wird euch helfen, die richtige Antwort zu finden.“

Sie reichte ihnen ein Buch. Auf dem Umschlag stand: *Ozeanführer*.

„Und dorthin müsst ihr reisen“, fuhr Morgan fort.

„Wow! Der Ozean!“, rief Anne und deutete mit dem Finger auf den Umschlag. „Ich wünschte, wir ...“

„Stopp!“ Philipp packte Annes Hand. „Woher wissen wir, wann wir die richtige Antwort für das Rätsel gefunden haben?“, fragte er Morgan.

OZEAN
FÜHRER

„Das werdet ihr schon wissen“, antwortete Morgan geheimnisvoll. „Ich verspreche euch, dass ihr es erfahren werdet.“

Philipp ließ Annes Hand wieder los. Sie zeigte erneut auf den Umschlag und sprach ihren Wunsch zu Ende. „Ich wünschte, wir wären dort.“

Der Wind begann zu blasen.
„Kommen Sie nicht mit, Morgan?“, rief Philipp.

Doch ehe Morgan ihm eine Antwort hätte geben können, begann sich das Baumhaus zu drehen.

Philipp machte ganz fest die Augen zu.

Das Baumhaus drehte sich, immer schneller und schneller.

Dann war alles wieder ruhig. Vollkommen ruhig.

Philipp machte die Augen auf.

Morgan war verschwunden. An der Stelle, an der sie eben gestanden hatte, lagen nur noch die Schriftrolle und das Ozean-Buch.

Das Riff

Eine sanfte Brise wehte zum Fenster herein. Seemöwen kreischten. Wellen plätscherten ans Ufer.

Anne nahm die Schriftrolle zur Hand. Sie rollte sie auseinander. Dann lasen sie und Philipp zusammen das Rätsel:

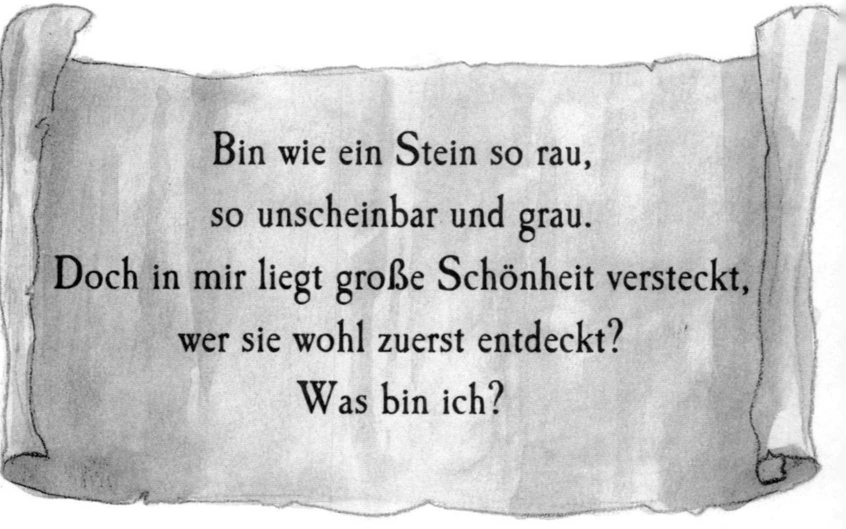

„Das werden wir herausfinden!“, sagte Anne.

Sie und Philipp blickten zum Fenster hinaus. Das Baumhaus war nicht auf einem Baum gelandet. Es stand auf dem Boden.

„Warum ist der Boden hier so rosa?“, fragte Philipp.

„Keine Ahnung“, antwortete Anne. „Aber ich gehe gleich hinaus.“

„Ich möchte zuerst ein paar Nachforschungen anstellen“, sagte Philipp.

Anne kletterte aus dem Baumhaus.

Philipp nahm das Ozean-Buch in die Hand und blätterte es durch.

Bald schon hatte er das Bild einer rosafarbenen Insel entdeckt, umgeben von herrlich türkisfarbenem Wasser. Unter dem Bild stand:

Das ist ein Korallenriff. Korallen sind winzige Meerestierchen, deren Skelette nach ihrem Tod erhalten bleiben. Im Laufe vieler Jahrzehnte bilden sich aus diesen Skeletten große Korallenriffe.

„Oh Mann, winzige Skelette!“, rief Philipp. Er zog sein Notizbuch aus dem Rucksack und schrieb:

Millionen winziger Korallenskelette

„Philipp! Komm schnell! Das musst du dir ansehen!“, rief Anne von draußen.

„Was denn?“

„Ich weiß nicht. Aber es wird dir gefallen!“, rief sie zurück.

Philipp warf sein Notizbuch und den Ozeanführer in den Rucksack. Dann kletterte er aus dem Fenster.

„Ist es schon die Lösung des Rätsels?“, fragte er aufgeregt.

„Ich glaube nicht. Es sieht nicht gerade unscheinbar aus“, antwortete Anne.

Sie stand am Ufer neben einem merkwürdig aussehenden Gerät.

Philipp rannte über den unebenen Korallenboden, um diesen Gegenstand aus der Nähe zu betrachten.

Das Gerät befand sich zu einer Hälfte auf dem Riff, zur anderen Hälfte in dem klaren blauen Wasser. Es sah aus wie eine riesige weiße Blase mit einem großen Fenster.

„Ist das eine besondere Art von Boot?“, fragte Anne.

Philipp entdeckte eine Abbildung von dem Gerät in seinem Ozeanführer. Er las vor:

Wissenschaftler, die die Ozeane erforschen, werden Ozeanografen genannt. Manchmal fahren sie mit kleinen Unterwasserfahrzeugen, auch „Mini-U-Boote“ genannt, über den Meeresboden, um ihn zu erforschen.

„Es ist ein Mini-U-Boot“, erklärte Philipp und holte sein Notizbuch heraus.

„Komm, steigen wir ein“, sagte Anne.

„Nein!“, rief Philipp entsetzt. Natürlich hätte auch er gerne gewusst, wie so ein U-Boot von innen aussieht. Doch er schüttelte den Kopf. „Das dürfen wir nicht. Es gehört uns nicht.“

„Ach, komm, wir werfen doch nur einen Blick hinein“, sagte Anne. „Vielleicht hilft uns das bei der Lösung des Rätsels.“

Philipp seufzte. „Na schön, okay.

Aber wir müssen aufpassen. Du darfst nichts anfassen", sagte er warnend.

„Keine Angst", versprach ihm Anne.

„Und zieh dir die Schuhe aus, damit sie nicht nass werden", sagte Philipp.

Er und Anne zogen sich Schuhe und Strümpfe aus und warfen sie hinter sich in Richtung Baumhaus.

Dann tapsten sie vorsichtig über das Korallenriff.

Anne drehte den Griff an der Luke des Unterseeboots. Die Tür ließ sich mühelos öffnen.

Sie und Philipp kletterten hinein. Die Luke schlug hinter ihnen zu.

Das U-Boot war wirklich winzig. Gegenüber dem großen Fenster befanden sich zwei Sitze. Vor den Sitzen war ein Schaltbrett mit einem eingebauten Computer angebracht.

Anne setzte sich.

Philipp schlug den Ozeanführer auf und las auf der Seite, auf der das Mini-U-Boot abgebildet war, weiter:

Mini-Unterseeboote haben einen starken Rumpf, damit keine Luft entweicht und damit die Insassen vor dem Wasserdruck geschützt sind. Mithilfe eines Computers lassen sich die Mini-U-Boote durch das Wasser lenken.

„Hoppla“, rief Anne plötzlich.

„Was ist los?“ Philipp blickte auf.

Aufgeregt deutete Anne auf den Computer-Bildschirm. Auf ihm war plötzlich eine Landkarte zu sehen.

„Was hast du gemacht?“, fragte Philipp.

„Ich? Nichts ... Ich habe nur ein paar Tasten gedrückt“, sagte Anne kleinlaut.

„Was? Ich hatte dir doch gesagt, dass wir nichts anfassen dürfen!“, schimpfte Philipp.

Ein Gebläse sprang an. Das Mini-U-Boot machte einen Satz rückwärts.

„Nichts wie raus hier!“, rief Philipp.

Er und Anne stürzten zur Luke. Philipp fasste nach dem Türgriff.

Doch es war bereits zu spät.

Das Mini-U-Boot glitt langsam vom Riff. Dann versank es lautlos in den Tiefen des Meeres.

Das Mini-U-Boot

„Was hast du jetzt nur wieder angestellt, Anne!“, rief Philipp.

„Entschuldige, tut mir leid“, stammelte Anne. „Aber schau doch mal zum Fenster hinaus!“

„Vergiss es! Wir müssen erst das hier klären!“ Philipp starrte auf den Bildschirm.

„Was genau hast du gemacht?“, fragte er.

„Ich habe nur auf den Knopf gedrückt, auf dem AN steht“, sagte Anne. „Dann ist der Bildschirm hell geworden. Und dann habe ich den Seestern angeklickt.“

„Das muss der Befehl sein, unter Wasser zu gehen“, sagte Philipp.

„Ja. Und als Nächstes war diese Karte zu sehen“, fuhr Anne fort.

„Okay. Das ist eine Karte des Riffs“, stellte Philipp fest. „Schau! Das Mini-U-Boot ist auch auf der Karte zu sehen. Es bewegt sich im Moment vom Riff weg.“

„Das ist ja wie bei einem Computerspiel“, sagte Anne. „Ich wette, ich weiß genau, was zu tun ist.“

Anne drückte auf die Taste, auf der ein nach rechts zeigender Pfeil abgebildet war. Das Mini-U-Boot auf dem Bildschirm bewegte sich nach rechts. Auch das echte Mini-U-Boot, in dem sie gerade saßen, bewegte sich nach rechts.

„Super!“, sagte Philipp erleichtert. „Mit diesen Pfeilen kann man das U-Boot lenken. Dann können wir jetzt ja wieder umkehren.“

„Nein, noch nicht“, widersprach Anne. „Es ist so wunderschön hier unten.“

„Wir müssen zum Riff zurück“, erklärte Philipp. Seine Augen waren noch immer auf den Bildschirm geheftet. „Was ist, wenn der Besitzer mitbekommt, dass sein U-Boot verschwunden ist?“

„Schau doch endlich mal hinaus“, sagte Anne. „Nur für einen kurzen Moment.“

Philipp seufzte. Er rückte seine Brille zurecht und blickte auf. „Oh Mann!“, sagte er leise.

Vor dem Fenster war eine verzauberte, farbenprächtige Welt zu sehen.

Philipp kam sich vor wie auf einem fremden Planeten.

Das Mini-U-Boot glitt an roten, gelben und blauen Korallen vorbei – an kleinen Hügeln, Tälern und Höhlen aus Korallen – an Fischen aller Arten und Farben.

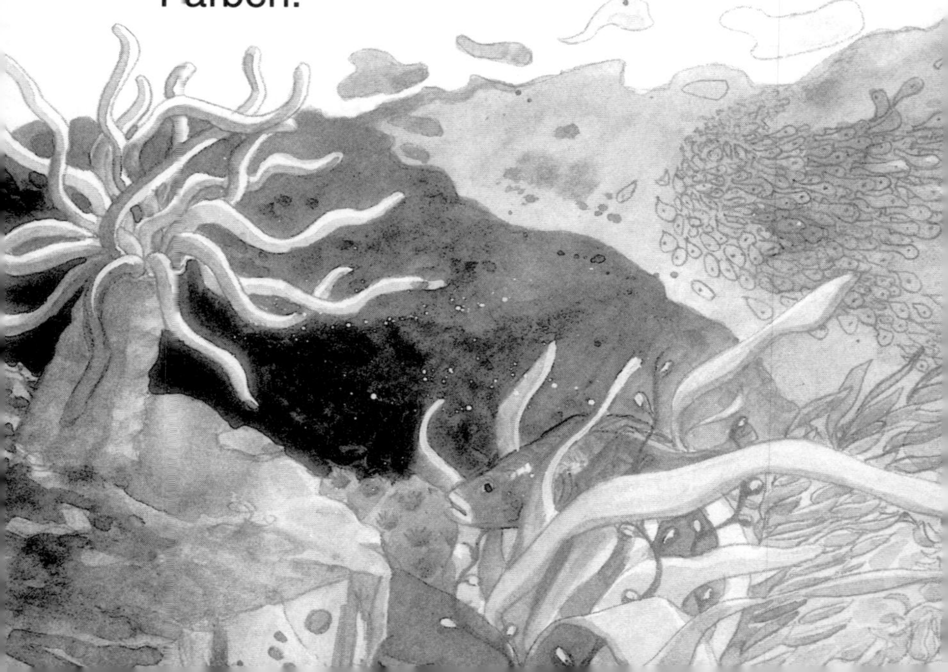

„Können wir nicht noch eine Weile hier unten bleiben? Die Antwort auf Morgans Rätsel kann nur hier zu finden sein“, sagte Anne.

Philipp nickte bedächtig. „Vielleicht hat Anne recht“, dachte er. Und außerdem – wann würden sie jemals wieder an einem so märchenhaften Ort sein?

Bei den Fischen

Überall waren Fische zu sehen: Sie glitten über sanft wogendes Seegras hinweg, nibbelten am weißen, sandigen Meeresgrund und lugten zwischen Korallen hervor.

Manche Korallenarten sahen aus wie blaue Finger oder Spitzenfächer. Andere erinnerten an ein Geweih, ein Salatblatt, einen Pilz oder einen Baum.

Philipp las in dem Ozeanführer nach:

Korallenriffe findet man nur in tropischen Gewässern. In der Nähe der Korallenriffe im Indischen und Pazifischen Ozean gibt es nahezu 5 000 verschiedene Fischarten.

Philipp griff nach seinem Notizbuch und dem Stift. Er begann, eine Liste zu machen.

Nachforschungen am Korallenriff
warmes Wasser
etwa 5000 verschiedene Fischarten

„Schau nur!“, rief Anne in diesem Augenblick.

Das U-Boot glitt gerade an einem riesigen Seestern vorbei. Dann an einer rosafarbenen Qualle. Und an einem blauen Seepferdchen.

Philipp notierte auf seiner Liste:

Seestern
Quallen
Seepferdchen

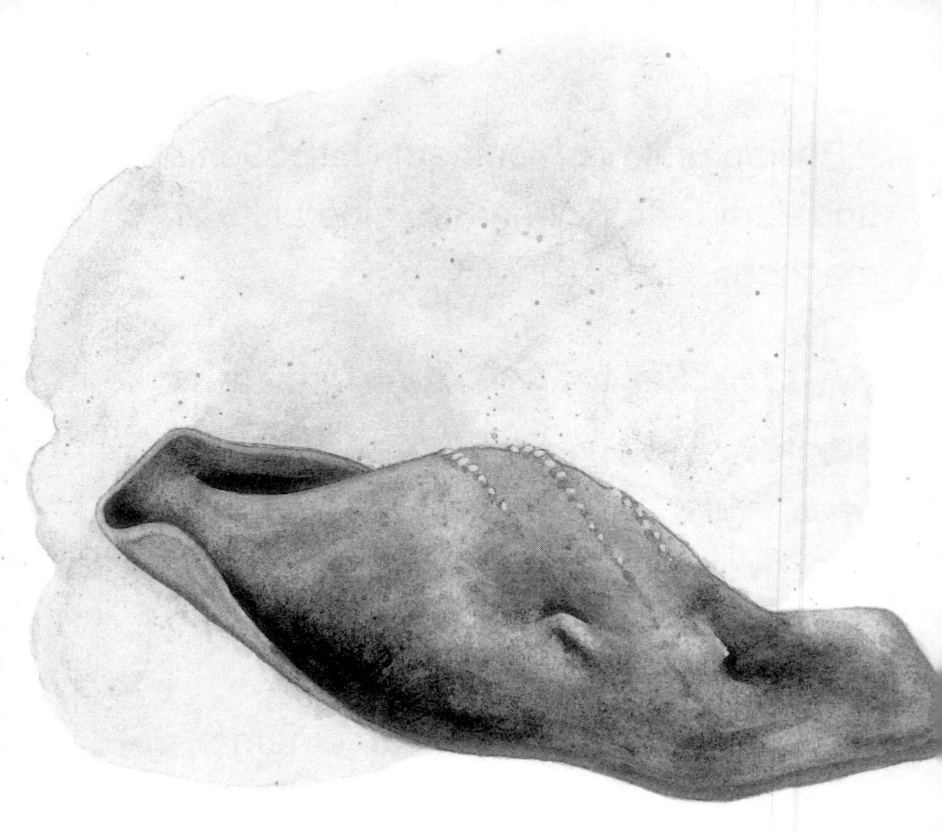

„Was ist denn das?“, fragte Anne neugierig.

Philipp erblickte ein Lebewesen, das wie ein riesiger Pfannkuchen mit einem langen Schwanz aussah.

„Ein Stachelrochen!“, antwortete er. Den schrieb er auch gleich auf seine Liste.

„Und das?“, rief Anne.

Sie zeigte auf die größte Muschel, die Philipp je gesehen hatte.

„Da muss ich erst nachsehen“, sagte Philipp. Er blätterte den Ozeanführer durch. Als er auf den Seiten mit den essbaren Muscheln angekommen war, las er vor:

Die Riesenmuschel der Korallenriffe hat fast einen Meter Durchmesser und wiegt bis zu 100 Kilogramm.

„Wow!“, sagte Anne beeindruckt.

„Echt Wahnsinn“, sagte Philipp. Er fügte „Riesenmuschel“ seiner Liste hinzu.

„Delfine!“, rief Anne plötzlich.

Philipp blickte auf. Zwei Delfine starrten zum Fenster herein. Sie klopften mit ihren Nasen an die Scheibe.

Ihre Augen schimmerten hell. Sie schienen zu lächeln.

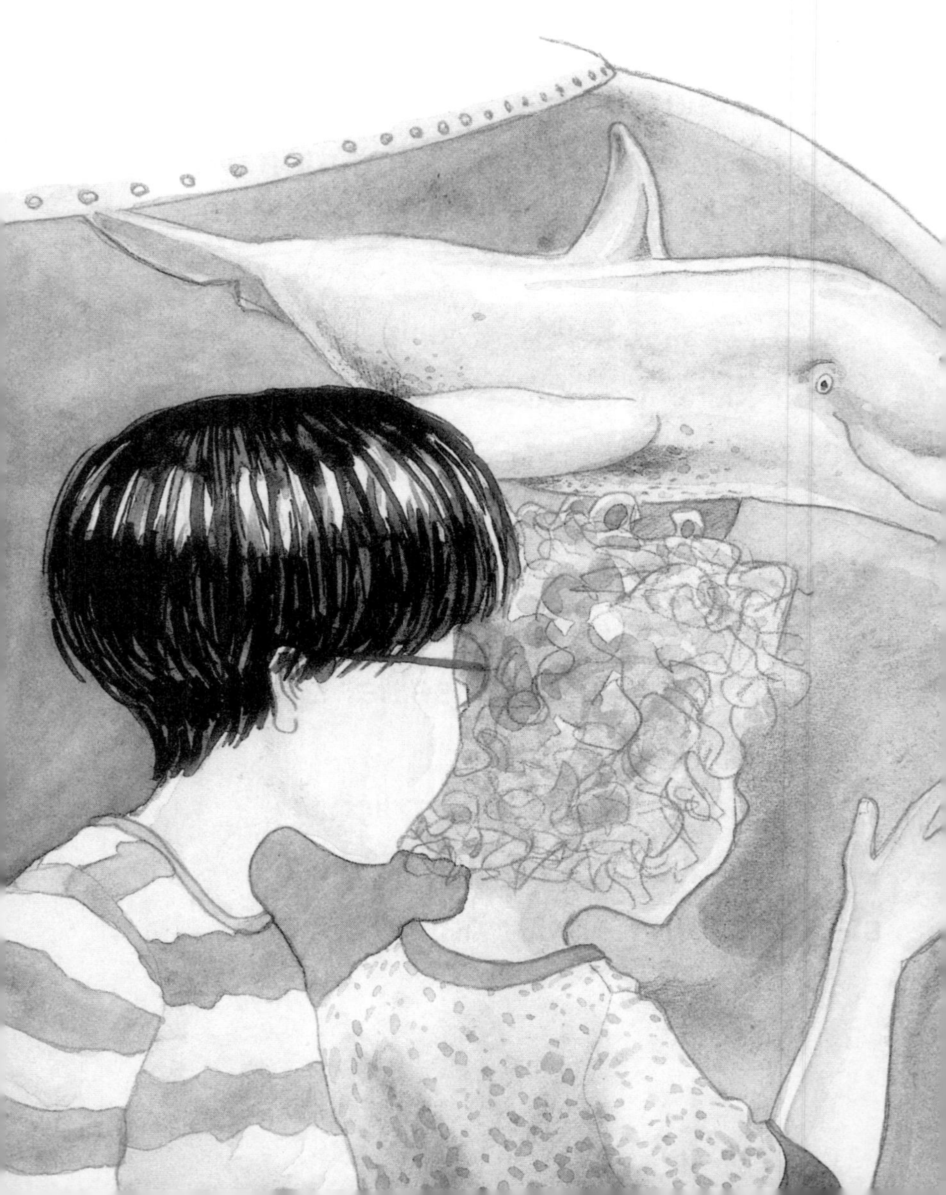

Philipp musste lachen. „Ich komme mir vor, als säßen wir in einem Aquarium und sie schauten uns an!", sagte er.

„Die beiden heißen Sukie und Sam", erklärte Anne. „Sie sind Bruder und Schwester."

„Du spinnst ja", sagte Philipp.

Doch das störte Anne nicht weiter. „Hier, ein Küsschen für dich, Sukie", sagte sie. Sie drückte ihre Lippen an die Scheibe, als wolle sie dem Delfin einen Kuss auf die Nase drücken.

„Oh Mann", sagte Philipp kopfschüttelnd.

Doch der Delfin öffnete den Mund und warf den Kopf zurück. Er schien zu lachen.

„Hey, jetzt weiß ich die Lösung des Rätsels – Delfine!", sagte Anne. „Sie sind grau und unscheinbar. Aber sie besitzen eine große innere Schönheit."

„Du vergisst die Zeile ‚rau wie ein Stein'!", rief Philipp ihr in Erinnerung. „Die Haut der Delfine sieht mir eher glatt und glitschig aus."

„Ach ja, stimmt", sah Anne ein.

Die Delfine schlugen mit ihrer Schwanzflosse. Dann kehrten sie um und schwammen im türkisblauen, klaren Wasser davon.

„Wartet! Bleibt doch noch ein bisschen!", rief Anne ihnen nach. „Sukie!"

Doch die Delfine waren schon wieder verschwunden.

„Auch für uns ist es Zeit zu gehen", sagte Philipp. Er hatte Angst, der Besitzer des U-Boots könnte das Verschwinden inzwischen bemerkt haben.

„Aber wir haben das Rätsel noch nicht gelöst“, gab Anne zu bedenken.

Angestrengt starrte Philipp auf die farbenprächtige Unterwasserwelt.

„Ich kann da draußen keine Lösung sehen“, sagte er. „Ich sehe nichts Unscheinbares weit und breit.“

„Dann müssen wir die Lösung vielleicht hier im U-Boot suchen“, meinte Anne.

Sie blickten sich in dem winzigen Gehäuse um.

„Ich sehe mal im Computer nach“, sagte Philipp. Er studierte die Bildleiste oben auf dem Bildschirm.

Er klickte das Bildchen mit dem Buch an.

Das Wort LOGBUCH blitzte auf.

Zwei Augen

„Was ist ein Logbuch?“, fragte Anne.

„Eine Art Tagebuch von einer Seereise“, antwortete Philipp.

Er starrte auf den Bildschirm und las den ersten Eintrag im Logbuch:

MONTAG, 5. JULI

„Hey, das war ja letzte Woche“, sagte Philipp. Er las weiter:

GESTEINS- UND MUSCHELPROBEN
EINGESAMMELT
MEERESBODEN KARTOGRAFISCH
ERFASST

WINZIGEN RISS IM BOOTSRUMPF
ENTDECKT

„Das ist ja so ähnlich wie dein Notizbuch“, sagte Anne.

„Stimmt, der Ozeanograf hat seine Notizen hier im Computer aufgezeichnet“, meinte Philipp.

Gespannt lasen Philipp und Anne weiter:

DIENSTAG, 6. JULI
RISS HAT SICH VERGRÖSSERT
BALDIGE RÜCKKEHR ZUM RIFF
UNERLÄSSLICH

„Welcher Riss?“, fragte Anne.

„Keine Ahnung“, antwortete Philipp und zuckte mit den Schultern. Er las weiter:

MITTWOCH, 7. JULI
WEITERE WINZIGE RISSE
REPARATUR UNMÖGLICH
NOCH HEUTE RÜCKKEHR ZUM RIFF

„Oh, das hört sich nicht gut an“, sagte Philipp und las weiter:

DONNERSTAG, 8. JULI
U-BOOT DEFEKT
RÜCKKEHR ZUM RIFF
HUBSCHRAUBER ANFORDERN, DER
DAS BOOT ZUM SCHROTTPLATZ
BRINGT

„Defekt bedeutet kaputt, oder?“, fragte Anne.

„Ja“, bestätigte Philipp.

„Dann ist dieses Boot hier also kaputt, stimmt’s?“, fuhr Anne fort.

„Ja“, antwortete Philipp. „Und es lag am Strand, weil ein Hubschrauber es wegbringen sollte. Zum Schrottplatz.“

„Hilfe!“, rief Anne.

„Ich fürchte, wir müssen wirklich auf der Stelle umkehren“, sagte Philipp.

„Versuchen wir es mal mit dem Bildchen mit den Wellen“, schlug Anne vor.

Und schon klickte sie das besagte Bildchen auf dem Bildschirm an.

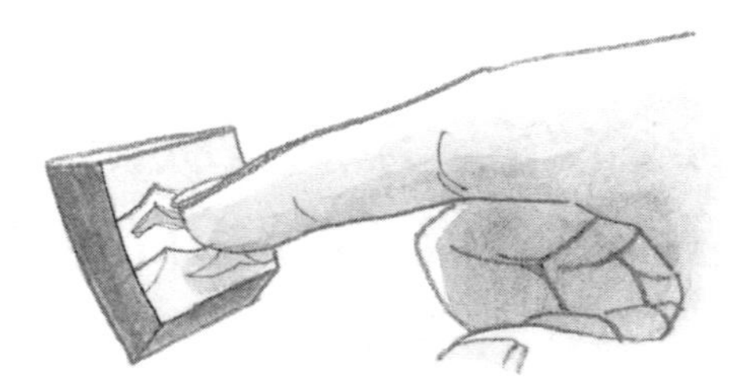

Das Mini-U-Boot begann, langsam aufzusteigen.

„Oh, gut“, sagte Philipp erleichtert.

Ihr U-Boot glitt an kleinen Korallenhügeln vorbei, an Fischschwärmen und an wogenden Gräsern.

„Oh!“, sagte Anne auf einmal atemlos.

Auch Philipp schnappte nach Luft.

Hinter einer riesigen Wasserpflanze waren zwei Augen zu sehen. Sie sahen fast menschlich aus – abgesehen davon, dass sie so groß waren wie Golfbälle.

Das U-Boot glitt an dem riesigen Gewächs vorbei. Philipp stieß einen Seufzer der Erleichterung aus.

„Was ...? Wem ...?“, stammelte Anne.

„Frag lieber nicht“, bat Philipp leise.

Gebannt blickten sie zu der Pflanze zurück.

Und genau in diesem Augenblick tauchte ein langer Arm auf.

Dann ein weiterer Arm.

Und dann noch einer ... und noch einer ... und noch einer ... und noch einer ... und noch einer ... und noch einer!

Philipp und Anne starrten voller Entsetzen auf einen Riesenkraken.

„Er hat es auf uns abgesehen“, stammelte Anne mit weit aufgerissenen Augen.

Langsam kam der Riesenkrake durch das Wasser geglitten. Seine acht langen Fangarme griffen nach dem Mini-U-Boot.

K-N-A-C-K-S!

Der Riesenkrake umschlang das Mini-U-Boot mit allen acht Fangarmen. An jedem Fangarm hatte er zwei Reihen von Saugnäpfen. Diese Saugnäpfe klebten am Fenster.

Das Mini-U-Boot konnte sich nicht mehr von der Stelle bewegen.

Der Riesenkrake starrte Philipp und Anne mit seinen beeindruckend großen, fast menschlich aussehenden Augen an.

„Ich glaube nicht, dass er uns etwas tun will", flüsterte Anne. „Er ist bestimmt nur neugierig."

„Das ... das werde ich nachprüfen", sagte Philipp.

Seine Hand zitterte leicht, als er den Ozeanführer durchblätterte.

Schließlich entdeckte er die Abbildung eines Riesenkraken und las vor:

Riesenkraken sind eher freundliche, scheue Wesen. Doch manchmal siegt ihre Neugier, und sie trauen sich aus ihrem Versteck hervor.

„Ah. Siehst du, ich habe es ja gleich gesagt. Er ist scheu“, sagte Anne. Dann erklärte sie dem Riesenkraken mit lauter, deutlicher Stimme: „Hallo, ich bin Anne! Und das ist mein Bruder Philipp!“

„Mann, oh Mann“, stöhnte Philipp. Er las weiter:

Die Riesenkraken sind jedoch sehr kräftig. Am Ende ihrer Fangarme, auch Tentakel genannt, sitzen zahlreiche Saugnäpfe, die nach dem Prinzip des Unterdrucks funktionieren. Einen Gegenstand aus ihrer Umklammerung zu befreien, ist fast unmöglich.

„Na super“, stöhnte Philipp. „Den werden wir nie mehr los.“

In diesem Augenblick spürte er einen Tropfen auf seinen Arm fallen. Wasser! Er blickte hoch an die Decke.

„Oje“, sagte Anne.

An der Decke war ein dünner Riss zu sehen. Und von diesem dünnen Riss zweigten weitere, kleinere Risse ab.

Aus den Rissen tropfte Wasser.

„Oh, jetzt haben wir die Risse entdeckt“, sagte Anne.

„Der Krake soll uns endlich loslassen! Bevor die Decke noch ganz einbricht!“, rief Philipp.

„Lass uns los, bitte! Bitte!“, rief Anne dem Kraken zu.

Die riesige Kreatur blinzelte, als versuche sie, Anne zu verstehen.

„Bitte! Bitte! Sei ein liebes Tier!“, rief Anne.

„Lass das, Anne“, sagte Philipp. „Dem Kraken ist doch völlig egal, was du sagst oder ob du ihn um etwas bittest.“

Der Krake blinzelte nun Philipp an.

„Verschwinde endlich!“, brüllte Philipp ihn an. „Und zwar sofort! Verstanden?“

Der Riesenkrake spritzte eine Wolke schwarzer Flüssigkeit ins Wasser und verschwand darin. Seine langen Tentakel bewegten sich träge durch das Wasser.

Das Mini-U-Boot begann, langsam wieder aufzusteigen.

„Du hast ihn beleidigt“, sagte Anne.

„Das glaube ich nicht ...“, meinte Philipp geistesabwesend. Ihm schoss gerade ein anderer Gedanke durch den Kopf.

Er blickte noch einmal in seinen Ozeanführer. Und las mit Schrecken:

Zur Abschreckung von Feinden verspritzen Tintenfische und Kraken schwarze Tinte. Ihre Hauptfeinde sind Haie.

„Oh nein“, stammelte Philipp.

„Was ist los?“, fragte Anne besorgt nach.

Philipp blickte zum Fenster hinaus. Das Wasser war inzwischen wieder klar.

Doch eine noch undeutliche Gestalt näherte sich nun ihrem U-Boot.

„Was ist das?“, flüsterte Anne.

Der Fisch, der nun näher kam, war größer als die Delfine vorhin. Und er hatte einen äußerst merkwürdig geformten Kopf.

Philipp blieb vor Schreck fast das Herz stehen.

„Ein Hammerhai“, sagte er fast atemlos. „Nun sitzen wir echt in der Tinte.“

Ruhe bewahren!

Der Hai schwamm hinter den Korallenstock.

„Wo ist er hin?“, fragte Anne und starrte zum Fenster hinaus.

„Das spielt keine Rolle“, antwortete Philipp. „Wir müssen so schnell wie möglich nach oben.“

„Das Wasser tropft immer stärker“, sagte Anne.

„Ja, ich sehe es. Komm, mach schon ... mach schon!“, befahl Philipp dem Mini-U-Boot.

„Schau, da kommt immer mehr Wasser herein“, sagte Anne. „Immer mehr und mehr!“

Philipp blickte nach oben. Inzwischen tropfte das Wasser nicht mehr, es plätscherte geradezu.

„Nur noch wenige Sekunden", sagte Philipp.

Plötzlich schoss das Mini-U-Boot mit einem Satz aus dem Wasser. Es tanzte auf den Wellen wie ein Korken.

„Wir sind gerettet!", rief Anne erleichtert.

Das Wasser im U-Boot schwappte schon um Philipps nackte Füße.

„Ich weiß nicht ...", sagte er.

„Oje", sagte Anne. „Der Krake muss auch Risse in den Boden gedrückt haben."

Das Wasser stand ihnen inzwischen bis zu den Knöcheln.

Philipp sah nach draußen. In der Ferne konnte er das Riff erkennen.

„Wir können es schaffen“, sagte er. „Es ist nicht mehr weit.“

„Los, beeil dich, Boot! Beeil dich!“, drängte Anne.

Sie drückte auf eine der Steuertasten. Doch auf einmal erlosch der Bildschirm.

„Was ist passiert?“, fragte Philipp.

Anne drückte erneut auf die Taste. Aufgeregt drückte Philipp auf ein paar weitere Tasten. Nichts geschah!

„Er ist abgestürzt“, stellte Anne entsetzt fest.

„Na super“, sagte Philipp.

Das Wasser stand ihnen inzwischen bis zum Knie.

„Ich fürchte, wir müssen schwimmen“, sagte Philipp. Er holte tief Luft.

„Sieht so aus“, stimmte Anne ihrem

Bruder zu. „Gut, dass wir diesen Sommer schon Schwimmunterricht hatten."

„Stimmt", sagte Philipp. „Schlecht ist, nur, dass wir vorhin einen Hai gesehen haben."

Rasch entdeckte Philipp das Foto eines Hais in seinem Buch.

Er las vor:

Sollte man im Meer auf einen Hai stoßen, keine aufgeregten Bewegungen machen. Es ist ratsam, ganz ruhig davonzuschwimmen.

Philipp schlug das Buch wieder zu.

„Am besten, wir machen Brustschwimmen", sagte Anne. „Dann wirbeln wir nicht so viel Wasser auf."

„Ja, aber bleib dicht neben mir", sagte Philipp.

„Mach ich“, versprach Anne.

Philipp sah die Furcht in ihren Augen, aber sie versuchte, ganz ruhig zu wirken. Er holte tief Luft. Auch er musste unbedingt ruhig bleiben. Bedächtig nahm er seine Brille ab und legte sie zusammen mit dem Buch in seinen Rucksack. Dann setzte er den Rucksack auf den Rücken.

Anne öffnete die Luke.

„Wir müssen Ruhe bewahren“, sagte sie. Und dann verließ sie das U-Boot.

„Oje“, sagte sich Philipp ganz ruhig. Er hielt sich die Nase zu.

Dann ließ auch er sich möglichst geräuschlos ins Wasser gleiten.

Schwimm um dein Leben!

Langsam bewegte Philipp Arme und Beine. Behutsam teilte er das Wasser vor sich, indem er eine Schwimmbewegung nach der anderen machte.

„Ruhig bleiben, ganz ruhig bleiben“, sagte er sich dabei.

Anne schwamm neben ihm. Ihre Augen waren auf das Riff gerichtet, das unmittelbar vor ihnen lag.

Alles war ruhig und friedlich.

Doch auf einmal glaubte Philipp aus den Augenwinkeln etwas zu erkennen. Er wandte den Kopf.

Eine dunkle Flosse kam im Zickzackkurs durch das Wasser geschossen. Direkt auf sie zu!

Am liebsten hätte Philipp um sich geschlagen. Am liebsten hätte er vor Angst gebrüllt. Doch er sagte sich: „Ruhe bewahren!“

„Ich sage Anne lieber nichts davon“, dachte er. „Es ist sicher besser, wenn sie es nicht weiß.“

Er schwamm schneller – und noch schneller. Auch Anne schwamm immer schneller.

Sie schwammen alle beide, so schnell und so ruhig, wie es nur ging.

Manchmal war Anne sogar ein bisschen schneller als Philipp, woraufhin Philipp dann seinerseits wieder schneller schwamm.

Er hatte solche Angst, dass er kein bisschen müde wurde. Er schwamm um sein Leben und auch um das Leben seiner Schwester.

Philipp blickte nicht zurück, um zu sehen, ob der Hai noch da war.

Er hatte die Augen fest auf das Baumhaus in der Ferne gerichtet. Und er schwamm und schwamm.

Philipp und Anne schwammen und schwammen.

Sie hatten das Gefühl, als dauere es ewig, bis das Baumhaus endlich ein Stück näher rückte.

Philipp fiel auf, dass das Riff viel weiter weg war, als er gedacht hatte.

Tapfer schwamm er weiter, doch seine Arme und Beine wurden immer schwerer.

Auch Anne war erschöpft.

„Leg dich auf den Rücken und lass dich treiben!“, rief sie zu ihm herüber.

Philipp und Anne legten sich auf den Rücken und ließen sich treiben, genau so, wie sie es im Schwimmkurs gelernt hatten.

„Wir ruhen uns nur eine Minute lang aus“, dachte Philipp.

Doch je länger Philipp sich treiben ließ, desto müder wurde er. Bald war er sogar zu müde, sich treiben zu lassen. Er spürte, wie sein Körper langsam sank.

Auf einmal spürte er noch etwas anderes.

Unter Wasser hatte ihn etwas angestoßen. Sein Herz blieb fast stehen.

Dieses Etwas fühlte sich glatt und lebendig an.

Hatte der Hammerhai sie eingeholt?

Philipp schloss die Augen und rechnete mit dem Schlimmsten. Er wartete und wartete. Doch nichts geschah. Nach einer Weile machte er die Augen wieder auf.

Vor sich sah er einen schimmernden grauen Kopf – den Kopf eines Delfins!

Der Delfin schob Philipp mit seiner Nase an. Dabei machte er fröhliche Klickgeräusche.

„Und los!“, rief Anne.

Philipp drehte den Kopf.

Seine Schwester hatte sich an die

Rückenflosse eines anderen Delfins geklammert. Dieser Delfin zog sie nun durch das Wasser.

Philipp hielt sich an der Rückenflosse seines Delfins fest.

Die beiden Delfine glitten mühelos und flink durchs Wasser und zogen Philipp und Anne in Richtung Riff.

Autsch!

Die Sonne schien auf die Wasseroberfläche. Das Wasser schimmerte und glitzerte wie ein riesiger Diamant.

Philipp fühlte sich jetzt wohl und sicher. Er war bei seinem Delfin in den besten Händen.

Die Delfine wurden langsamer, als sie sich dem Riff näherten.

Philipp streckte die Beine nach unten. Er spürte den unebenen Meeresboden unter sich. Er ließ die Rückenflosse des Delfins los, und schon stand er im seichten Wasser.

Auch Anne konnte jetzt stehen.

Mit strahlendem Gesicht schlang sie

die Arme um ihren Delfin und umarmte ihn.

„Herzlichen Dank, Sukie!“, rief sie. Dann drückte sie ihrem Delfin noch einen Kuss auf die Nase.

Sukie bewegte ruckartig den Kopf und machte ein zufriedenes Klickgeräusch.

„Gib deinem Sam auch ein Küsschen!“, sagte Anne zu Philipp.

„Du spinnst“, sagte Philipp.

Doch Sam rieb seine Nase an Philipps Kopf. Er legte auch seine Flosse um Philipps Hals.

Da konnte Philipp nicht länger widerstehen. Er legte die Arme um den Delfin und gab ihm einen schnellen Kuss.

Sam nickte zufrieden und machte ebenfalls klickende Geräusche, die

sich wie ein Lachen anhörten. Dann drehte er sich zu Sukie.

Die beiden Delfine schnatterten einen Augenblick lang miteinander. Dann nickten sie Philipp und Anne zu, drehten sich um und schwammen mit eleganten Bewegungen davon.

„Tschüss, Sukie! Tschüss, Sam!“, rief Anne ihnen nach.

„Danke!“, rief Philipp.

Die Delfine sprangen in die Luft und verschwanden dann mit einem lauten Platschen wieder im Wasser!

Philipp und Anne lachten. „Wenn wir nur auch so gut schwimmen könnten wie sie!“, sagte Philipp.

Philipp und Anne blickten den Delfinen nach, bis diese verschwunden waren.

„Ich vermisse sie jetzt schon“, sagte Anne leise.

„Ich auch“, gab Philipp zu.

Er setzte sich ins flache Wasser.

„Ich bin total erschöpft“, sagte er.

Anne setzte sich neben ihn. „Ich auch“, meinte sie.

Das warme Wasser schwappte an ihre Shorts und ihre T-Shirts.

Philipp nahm seinen Rucksack vom Rücken. Er holte seine Brille heraus und setzte sie auf. Vor lauter Wasser konnte er kaum etwas sehen.

„Weißt du was?“, fragte Anne auf einmal.

„Was?“, fragte Philipp zurück.

„Vorhin habe ich den Hai hinter uns gesehen“, sagte Anne. „Aber ich habe es dir nicht gesagt. Ich wollte nicht, dass du Angst bekommst.“

Philipp sah Anne überrascht an. „Ich habe ihn auch gesehen. Deshalb bin ich auf einmal schneller geschwommen, damit du auch schneller schwimmst.“

„Und ich bin schneller geschwommen, damit du schneller schwimmst“, sagte Anne.

„Wir waren bestimmt doppelt so schnell wie sonst“, sagte Philipp und schüttelte vor Staunen den Kopf.

„Was machen wir nun?“, fragte Anne.

„Wir kehren nach Hause zurück“, sagte Philipp.

„Aber wir haben Morgans Rätsel noch nicht gelöst“, gab Anne zu bedenken.

Philipp seufzte.

Er holte sein Notizbuch aus dem Rucksack. Es war total durchnässt.

Er zog den Ozeanführer heraus. Auch der war pitschnass.

„Wir haben es nicht geschafft“, sagte er traurig. „Meine Aufzeichnungen sind total nass. Jetzt können wir doch nicht zu Meister-Bibliothekaren ernannt werden.“

Philipp packte die Sachen wieder weg. „Gehen wir“, sagte er und ließ den Kopf hängen.

Er stand auf. Dann ging er über das rosafarbene Riff auf das Baumhaus zu. Anne folgte ihm.

„Autsch!“, rief sie plötzlich.

„Was ist passiert?“ Philipp blickte zurück.

„Ich bin auf etwas getreten.“ Anne bückte sich und rieb ihren Fuß.

„Auf was?“, fragte Philipp. „Auf eine Muschel?“

„Ja, diese hier ...“ Sie hielt eine große graue Muschel hoch. „Mann, die fühlt sich vielleicht rau an. Rau und grau ist sie, wie ein Stein ...“

„... und unscheinbar!“, flüsterte Philipp. Hurra, sie hatten des Rätsels Lösung gefunden.

Die Muschel sah aus wie eine normale Muschel, war aber viel größer und hatte mehr Rillen als eine gewöhnliche Muschel.

„Wie kann diese hässliche Muschel die Lösung unseres Rätsels sein?“, sagte Anne verblüfft. „In dem Rätsel hieß es doch auch: ‚In mir liegt große Schönheit versteckt‘.“

„Warte – ich muss nachlesen“, sagte Philipp. Vorsichtig schlug er den tropfnassen Ozeanführer auf.

Die Seiten klebten aneinander. Doch es gelang ihm, ein paar von ihnen umzublättern.

Er entdeckte das Bild einer grauen Muschel und las vor:

In tiefen Gewässern suchen Taucher nach Austern, die manchmal jedoch auch an Riffen oder Stränden angespült werden. In einigen wenigen Austern ist eine Perle versteckt. Dank ihrer natürlichen Schönheit gelten Perlen als große Kostbarkeit.

„Darin muss eine Perle sein!“, rief Philipp.

Anne spähte durch den schmalen Spalt zwischen den beiden Muschelhälften. „Ich kann nichts sehen“, sagte sie. „Und überhaupt, wie soll die Perle da hineinkommen?“

Philipp las weiter vor:

Es kann vorkommen, dass ein Sandkorn ins Muschelinnere gelangt und zwischen Schale und Haut gerät. Das stört die Auster so sehr, dass sie das Sandkorn mit Perlmutt umhüllt. Auf diese Weise entsteht im Laufe der Jahre eine Perle.

„Ich kann nicht sehen, ob da eine Perle drin ist oder nicht“, sagte Anne.

„Vielleicht sollten wir sie gegen einen Felsen schlagen“, schlug Philipp vor.

„Was? Das würde die Auster erst recht stören!“, widersprach Anne empört.

„Du hast recht.“

„Ich finde, wir sollten sie in Ruhe lassen“, fand Anne.

Behutsam legte sie die Auster wieder ins Wasser.

„Aber woher sollen wir jetzt wissen, ob ‚Auster‘ tatsächlich die richtige Lösung für unser Rätsel ist?“, fragte Philipp.

„Morgan hat gesagt, wir würden es erfahren“, antwortete Anne. „Komm schon.“

Philipp rückte seine Brille zurecht. Er und Anne hoben ihre Schuhe und Strümpfe vom Boden auf.

Sie kletterten durch das Fenster in das Baumhaus.

Morgans Schriftrolle lag auf dem Boden. Sie war aufgerollt.

„Schau!“, rief Anne.

Sie und Philipp starrten auf die Schriftrolle. Das Rätsel war verblasst.

An seiner Stelle schimmerte in silbernen Buchstaben ein einziges Wort:

„Morgans Zauber“, flüsterte Anne.

Philipp stieß einen tiefen Seufzer der Erleichterung aus. „Wir haben es gelöst“, sagte er.

Anne nahm das Pennsylvania-Buch in die Hand. „Jetzt sollten wir aber nach Hause zurück!“, sagte sie.

Sie schlug das Buch auf und deutete auf das Bild von Pepper Hill.

„Ich wünschte, wir wären dort!“, rief sie.

Wind kam auf.

Das Baumhaus begann, sich zu drehen.

Der Wind blies immer stärker und stärker.

Dann war alles wieder still.

Totenstill.

Der wahre Schatz

Die Strahlen der Morgensonne fielen schräg in das Baumhaus.

Seit ihrer Abreise war keine Sekunde Zeit vergangen. Der Tag brach gerade an.

Philipp rollte die alte Schriftrolle zusammen. Er verstaute sie in einer Ecke.

„So, das erste Rätsel haben wir gelöst“, sagte er zufrieden. „Bleiben nur noch drei.“

„Ich sehe aber keine andere Schriftrolle“, sagte Anne. „Vielleicht erfahren wir morgen das nächste Rätsel.“

„Soll mir recht sein“, sagte Philipp.

„Im Moment brauche ich etwas Zeit – zum Trocknen."

Sein T-Shirt und seine Shorts waren noch immer feucht. Sein Rucksack auch. Nur seine Schuhe und Socken waren trocken.

„Und das hier muss auch trocknen", sagte Anne. Sie legte den Ozeanführer an eine Stelle, wo die Sonne hinschien.

Dann kletterten Philipp und Anne die Strickleiter hinunter.

Sie gingen durch den Wald, bis sie am oberen Ende ihrer Straße ankamen.

„Weißt du, eigentlich hätten wir die Lösung zu dem Rätsel gleich finden können", sagte Philipp. „Die Auster lag ja die ganze Zeit schon auf dem Riff."

„Ich weiß, aber dann hätten wir nicht so viel Spaß gehabt", antwortete Anne.

„Spaß?“, rief Philipp aus. „Du nennst es Spaß, wenn man beinahe von einem Riesenkraken zerquetscht und von einem Haifisch gejagt wird?“

„Du vergisst die Delfine“, sagte Anne.

Philipp lächelte. „Stimmt“, gab er zu. Die Delfine machten alles wieder gut. Mit ihnen hatten sie großen Spaß gehabt.

„Ich glaube, sie waren der wahre Schatz, den wir entdeckt haben“, sagte Anne.

„Ja ...“, gab Philipp zu. „Was Sam wohl in diesem Augenblick macht?“

„Sam?“ Anne grinste ihn an. „Ich glaube, jetzt spinnst du“, sagte sie.

Die Kinder gingen die Stufen zu ihrem Haus hinauf und öffneten die Tür.

„Wir sind wieder da!“, rief Anne.

„Habt ihr auch aufgepasst und keine nassen Schuhe bekommen?“, rief ihre Mutter.

„Klar, sie sind völlig trocken!“, rief Philipp zurück. Dann schlichen die beiden Geschwister leise die Treppe hinauf, um sich umzuziehen.

Das Rätsel der Geisterstadt

Im Wilden Westen

Philipp und Anne saßen auf der Veranda vor ihrem Haus.

Anne schaute die Straße hinunter zum Wald von Pepper Hill. Philipp las ein Buch.

„Ich finde, wir sollten mal wieder in den Wald gehen“, sagte Anne.

„Warum?“, fragte Philipp, ohne den Kopf zu heben.

„Eben ist ein Kaninchen an uns vorbeigehoppelt“, antwortete Anne.

„Na und? Hier sieht man öfter mal Kaninchen.“

„Aber doch nicht so eines“, sagte Anne.

„Was soll das denn heißen?“ Philipp stand auf und stellte sich neben seine kleine Schwester.

Es stimmte, dort hinten hoppelte tatsächlich ein Kaninchen mit ungewöhnlich langen Beinen die Straße entlang. Philipp sah gerade noch, wie das Tier vom Gehsteig hüpfte und im Wald verschwand.

„Das war ein Bote“, sagte Anne.

„Ein Bote von wem?“, fragte Philipp.

„Von Morgan“, erklärte Anne und sprang auch schon die Stufen der Veranda hinunter.

„Komm mit!“

„Und was ist mit dem Abendessen?“, fragte Philipp. „Papa hat gesagt, es ist gleich fertig.“

„Das macht doch nichts“, beruhigte Anne ihren Bruder. „Du weißt doch, dass die Zeit stehen bleibt, wenn wir mit dem Baumhaus unterwegs sind."

Und schon rannte sie über den Rasen.

Philipp schnappte sich schnell seinen Rucksack und rief durch die offene Haustür: „Wir sind in zehn Minuten zurück!" Dann lief er seiner Schwester hinterher.

Anne und Philipp rannten über den Gehsteig zum Wald von Pepper Hill. Die Sonne stand schon tief über den Bäumen.

„Da ist es wieder!", rief Anne und zeigte auf das Kaninchen.

Das Tier wartete in der Sonne. Als es die beiden Kinder sah, hoppelte es weiter.

Philipp und Anne folgten dem Kaninchen, bis es hinter dem höchsten Baum verschwand.

„Hab ich's dir nicht gesagt?", rief Anne keuchend. Sie zeigte zum Baum hinauf.

Ganz oben im Wipfel saß Morgan im magischen Baumhaus und winkte ihnen zu.

Die Geschwister winkten zurück. Philipp war wie immer überglücklich, die Zauberin wiederzusehen.

„Kommt herauf!", rief sie den Kindern freundlich zu.

Anne und Philipp kletterten die Strickleiter zum Baumhaus hoch.

„Wir sind einem seltsamen

Kaninchen hierher gefolgt“, sagte Anne. „Haben Sie es zu uns geschickt?“

„Schon möglich“, antwortete Morgan mit einem geheimnisvollen Lächeln.

„Wie geht es Ihnen?“, fragte Philipp.

„Ich habe noch immer großen Ärger mit Merlin“, erzählte die Zauberin. „Deshalb habe ich kaum Zeit für meine Arbeit. Aber zum Glück seid ihr ja auch bald meine Meister-Bibliothekare. Ihr werdet mir eine große Hilfe sein.“

Philipp lächelte. Er freute sich schon darauf, ein Meister-Bibliothekar zu sein, der durch Raum und Zeit reisen konnte.

„Seid ihr bereit, ein weiteres Rätsel zu lösen?“, fragte Morgan.

„Ja!“, riefen Philipp und Anne wie aus einem Mund.

„Gut“, sagte Morgan. „Das hier werdet ihr für eure Nachforschungen brauchen ...“

Sie zog ein Buch aus den Falten ihres langen, wallenden Gewandes und gab es Philipp.

„Dieses Buch soll euch auf eurer Reise helfen“, sagte sie.

Das Buch hieß *Aus den Tagen des Wilden Westens.* Auf dem Umschlag war eine Wildwest-Stadt in der Prärie zu sehen.

„Oh, wow!“, rief Anne begeistert aus. „Der Wilde Westen!“

Philipp hielt einen Moment lang die Luft an. „Wie wild ist es dort wohl?“, überlegte er.

Morgan griff noch einmal zwischen die Falten ihres langen Gewandes. Diesmal zog sie eine Schriftrolle hervor. Diese überreichte sie Anne.

„Ist das unser neues Rätsel?“, fragte Philipp erwartungsvoll.

„Ja“, antwortete Morgan. „Danach müsst ihr nur noch zwei Rätsel lösen, und ihr seid Meister-Bibliothekare. Bereit zum Start?“

Philipp und Anne nickten. Anne zeigte mit dem Finger auf das Bild auf dem Umschlag des Wildwest-Buches.

„Ich wünsche mir, dass wir dorthin reisen“, sagte sie.

Sofort kam Wind auf.

„Auf Wiedersehen!“, rief Morgan. „Und viel Glück!“

Das Baumhaus begann, sich zu drehen.

Philipp schloss die Augen.

Das Baumhaus drehte sich schneller und immer schneller.

Plötzlich war alles wieder still. Totenstill!

Als Philipp die Augen wieder öffnete, war Morgan verschwunden. Eine Fliege schwirrte an seiner Nase vorbei.

Gefährliche Geräusche

Im Baumhaus war es auf einmal furchtbar heiß.

Philipp und Anne warfen einen Blick nach draußen.

Sie waren auf einem einsamen Baum in der Prärie gelandet. Die Sonne stand schon tief am Horizont.

Direkt vor sich sahen Anne und Philipp die kleine Stadt, die vorne auf dem Buch abgebildet war. Doch nun, in Wirklichkeit, sah sie leer und gespenstisch aus. Auf einer Seite des Städtchens lag ein Friedhof.

„Irgendwie unheimlich hier“, sagte Anne leise.

„Stimmt“, flüsterte Philipp. Er holte tief Luft. „Also gut. Wie lautet das Rätsel?“

Seine Schwester hielt die alte Schriftrolle hoch und rollte sie auseinander. Dann lasen beide gemeinsam:

Auf einmal,
wie aus heiterem Himmel,
vernehmt ihr meine leise Stimme:
Wer bin ich? Bin ich?

Philipp rückte seine Brille zurecht und las das Rätsel noch einmal still für sich.

„Das muss ein Fehler sein“, sagte er dann. „‚Bin ich‘ steht ja zweimal da.“

„Ich höre im Moment jedenfalls keine Stimme“, sagte Anne, während sie aus dem Fenster blickte.

Es waren keine menschlichen

Geräusche zu hören. Nur das Surren von Insekten und das Rauschen des warmen Windes.

„Werfen wir mal einen Blick in das Buch!“, sagte Philipp und schlug das Buch auf. Die Blätter waren schon leicht vergilbt. Er entdeckte ein Foto des Städtchens und las laut vor, was darunter geschrieben stand:

Um 1870 war Klapperschlangenstadt eine Haltestation für Postkutschen, die Passagiere von Santa Fe in New Mexico nach Fort Worth, Texas, brachten. Als der Fluss, der hier floss, vertrocknete, zogen die Bewohner weiter. Deshalb ist das Städtchen seit 1880 eine ‚Geisterstadt‘.

„Wow, eine Geisterstadt“, wiederholte Anne mit großen Augen.

„Am besten, wir schauen uns gleich mal um“, sagte Philipp. „Damit wir wieder nach Hause reisen können, bevor es dunkel wird.“

„Stimmt, wir müssen uns beeilen“, sagte Anne und kletterte die Strickleiter nach unten.

Philipp steckte das Buch in seinen Rucksack und folgte Anne.

Wenig später standen sie neben dem Baum und schauten sich um. Trockene Grasknäuel rollten über den ausgetrockneten Boden.

Plötzlich sahen sie eine Bewegung direkt vor ihnen.

„Hilfe!“, schrien Philipp und Anne erschrocken auf.

Doch es war nur ein Kaninchen, das an ihnen vorbeihoppelte.

„Hey, das muss das Kaninchen sein,

das wir daheim schon gesehen haben“, sagte Philipp.

„Stimmt, es hat dieselben langen Beine. Dieses Kaninchen ist ganz bestimmt nicht zufällig hier. Vielleicht will es uns etwas zeigen“, überlegte Anne.

Das Kaninchen hoppelte über die Prärie und war wenig später wieder verschwunden.

„Das schreibe ich mir lieber mal auf", sagte Philipp und griff in den Rucksack. Er zog sein Notizbuch und einen Stift heraus.

Dann schrieb er:

Kaninchen mit langen Beinen

„Was ist das für ein Geräusch?", fragte Anne plötzlich.

„Was für ein Geräusch?", wiederholte Philipp.

„Na, dieses Klappern", sagte Anne.

Philipp hob den Kopf. „Was? Wo hörst du es denn hier klappern?", fragte er erschrocken.

„Da!" Anne zeigte auf eine Klapperschlange. Zum Glück war das Tier gut Hundert Meter von ihnen entfernt. Das Klappern kam eindeutig von ihr.

Philipp hatte nur einen kurzen Blick auf die Schlange geworfen, als er auch schon losrannte. Anne, die hinter ihm herlief, kam kaum nach. Wenig später waren die Geschwister am Friedhof angelangt. Dort war ein Weg, der direkt in die Geisterstadt führte.

„Jetzt versteh ich, warum das Städtchen ‚Klapperschlangenstadt' heißt." Anne und Philipp blieben außer Atem stehen.

Philipp blickte sich um. Das Städtchen war nicht sehr groß. Eigentlich war es nur ein Dorf. Es gab nur eine einzige, ungeteerte Straße

und ein paar alte, halb verfallene Gebäude.

Es war ruhig – zu ruhig.

„Schau mal, ein Laden“, rief Anne und deutete auf eines der Gebäude. Hinter den Fenstern waren eine Menge Dinge zu sehen – es war ein Gemischtwarenladen.

„Werfen wir doch einen Blick hinein“, schlug Anne vor. „Vielleicht finden wir ja dort die Lösung unseres Rätsels.“

Philipp und Anne betraten die Veranda. Die Holzbretter knarrten. Die Eingangstür hing schief in den Angeln. Die Kinder warfen einen Blick durchs Fenster.

Die Luft im Laden war staubig, und von der Decke hingen Spinnweben.

„Vielleicht ist es besser, wenn wir nicht hineingehen“, meinte Philipp.

„Aber was ist, wenn wir hier die Lösung finden?“, fragte Anne. „Komm, wir machen auch ganz schnell.“

Philipp holte tief Luft. „Na gut.“

Auf Zehenspitzen betraten er und Anne den alten Laden.

„Sieh doch!“, sagte Anne und hob ein Paar rostige Sporen vom Boden auf.

„Sei bloß vorsichtig!“, ermahnte Philipp seine Schwester. Doch er selbst hatte auch etwas entdeckt – einen alten Futtersack, einen rostigen Zinnkrug und einen verblichenen Kalender aus dem Jahr 1878.

„Oh, das gibt’s doch gar nicht!“, rief Anne. Sie hielt zwei Cowboyhüte in den Händen. Einen setzte sie sofort auf, den anderen reichte sie Philipp. „Hier, für dich.“

Philipp setzte den Hut auf. Er rutschte ihm fast bis in die Augen.

„Wow, Stiefel!“, rief Anne als Nächstes. Sie zeigte auf eine Reihe von Cowboystiefeln in einem Regal. „Es gibt sogar kleine, in unserer Größe. Hier ist ein Paar für dich!“

Schon drückte sie Philipp ein Paar Stiefel in die Hand.

„Die gehören uns doch gar nicht“, wandte Philipp ein.

„Ist doch egal. Im Buch stand, dass hier keiner mehr wohnt“, beharrte Anne.

Philipp drehte die Stiefel um und schüttelte sie kräftig.

„Was machst du denn jetzt schon wieder?“, fragte Anne, während sie in ihre Stiefel schlüpfte.

„Ich muss mich erst vergewissern,

dass keine Skorpione drin sind“, erklärte Philipp.

„Ach, Philipp!“ Anne lachte. „Zieh sie endlich an!“

Philipp seufzte. Dann zog er seine Turnschuhe aus, steckte den ersten Fuß in den Stiefel und zog und zog.

Die Stiefel waren so steif, dass er sie nur mit Mühe anziehen konnte.

„Auweia!“, stöhnte er. „Vergiss es! Die zieh ich wieder aus!“

„Was ist denn das?“, rief Anne plötzlich.

Philipp erstarrte.

„Klingt wie Klaviermusik“, sagte Anne überrascht. „Vielleicht gehört dem Klavierspieler die Stimme, die wir suchen! Komm schnell!“

Hastig stopfte Philipp seine Turnschuhe in seinen Rucksack und humpelte Anne hinterher.

Das Geisterklavier

Die Geschwister traten auf die Veranda, die zur Straße hinaus lag. Auch hier draußen war die traurige Melodie zu hören.

„Es kommt von dort“, sagte Anne.

Vorsichtig ging sie auf ein Gebäude zu, an dem HOTEL stand. Philipp folgte ihr.

Langsam schob Anne die Schwingtür auf und sah ins Innere.

Die Strahlen der Abendsonne fielen auf ein Klavier in der Ecke eines großen Raumes. Die Tasten bewegten sich auf und ab. Doch es war weit und breit niemand zu sehen!

„Hilfe!“, flüsterte Anne. „Hier muss ein Geist sein!“

Plötzlich hörten die Tasten auf, sich zu bewegen. Und mit einem Mal wurde es sehr kühl.

„Quatsch, es gibt keine Geister“, sagte Philipp.

„Doch, im alten Ägypten haben wir einen gesehen“, widersprach Anne leise.

„Stimmt, aber das war im alten Ägypten“, sagte Philipp. Trotzdem zitterte seine Stimme.

„Ich schaue mal nach.“ Er holte das Wildwest-Buch aus dem Rucksack. Darin war das Klavier abgebildet. Mit lauter Stimme las er vor:

Mechanische Klaviere waren sehr beliebt im Wilden Westen. Man brauchte nur die Pedale zu betätigen, und schon spielten sie von selbst. In späteren Jahren, nach Einführung des elektrischen Stroms, spielten solche Klaviere ganz allein.

„Aha!“ Philipp machte das Buch wieder zu. „Ich wusste, dass es eine logische Erklärung gibt“, sagte er. „Das hier ist ein elektrisches Klavier, das irgendwie plötzlich angegangen ist.“

„Ich wusste gar nicht, dass es im Wilden Westen schon Strom gab“, wunderte sich Anne.

„Gab es auch nicht“, antwortete Philipp.

Philipp blickte Anne erschrocken an. Ihm war plötzlich klar geworden, was er da gesagt hatte. Kein Strom, das hieß ja ... „Au Mann, nichts wie weg hier!“, rief er.

Philipp und Anne stolperten rückwärts aus dem Hotel.

Als sie wieder im Freien standen, hörten sie schon das nächste Geräusch: Diesmal waren es Pferdehufe, die über die harte Erde klapperten.

Die Geschwister sahen, wie sich eine Staubwolke auf die Stadt zubewegte. Als sie näher kam, konnte Philipp drei Reiter erkennen, die eine kleine Pferdeherde vor sich hertrieben.

„Versteck dich, schnell!“, rief Philipp.

„Aber wo?“, fragte Anne und sah sich suchend um.

Philipp entdeckte vor dem Hotel zwei große Fässer.

„Komm da rein!“, rief er.

Philipp und Anne rannten zu den leeren Fässern. Philipp kletterte in eines hinein und versuchte, sich zu ducken.

Verflixt, sein Hut passte nicht hinein! Rasch kletterte er wieder aus dem Fass und warf seinen Cowboyhut ins Hotel.

„Hier, nimm meinen auch mit!“, rief Anne.

Philipp schnappte sich Annes Hut und warf ihn ebenfalls weg. Gerade noch rechtzeitig verkroch er sich wieder im Fass.

Schon donnerten die Hufe in die Stadt. Philipp spähte durch einen Spalt und erkannte die Umrisse von Cowboys und ihren Pferden.

„Brrr! Brrr! Brrr!“, riefen die Männer.

Philipp hörte, wie sie die Pferde anhalten ließen. Die Tiere schnaubten und stampften. Doch der Spalt war so klein, dass Philipp leider nur Umrisse sehen konnte.

Staub kitzelte in seiner Nase. Hoffentlich musste er jetzt nicht niesen! Schnell hielt er sich die Nase zu.

„Das Flussbett muss ausgetrocknet sein!“, brüllte einer der Cowboys. „Das hier ist längst eine Geisterstadt!“

„Stimmt, ich krieg gleich eine Gänsehaut“, sagte ein anderer. „Schlagen wir unser Nachtlager lieber hinter dem Hügel auf.“

Der Staub kitzelte Philipp in der Nase. Verzweifelt hielt er sich die Nase zu. Doch er konnte das Niesen nicht länger unterdrücken: „Ha-hatschi!“

„War da was?“, fragte einer der Cowboys.

In diesem Moment ertönte ein lautes Wiehern. Philipp sah, wie ein wunderschönes, kräftiges Pferd sich aufbäumte.

Es hatte keinen Reiter und auch keinen Sattel, nur einen Strick um den Hals. Es war eine Fuchsstute. Ihr Fell war so rot wie die untergehende Sonne. Sie hatte eine zerzauste schwarze Mähne und einen weißen Stern auf der Stirn.

„Mit der hier werden wir einfach nicht fertig, Boss!“, brüllte einer der Cowboys.

„Kein Wunder, sie will ja auch zu ihrem Fohlen“, meinte ein anderer. „Wir hätten es nicht zurücklassen dürfen.“

„Es war zu langsam“, knurrte eine unfreundliche Stimme. „Wir verkaufen das störrische Tier, sobald wir über der Grenze sind.“

Die Cowboys zerrten die rote Stute unsanft weiter. Der Boden bebte unter dem Trampeln der Hufe, als die kleine Gruppe davongaloppierte.

Philipp und Anne erhoben sich wieder. Sie sahen die Reiter und ihre Herde am Horizont verschwinden.

„Wie gemein sie zu dem armen Pferd waren!“, sagte Anne wütend.

„Find ich auch. Schade, dass wir ihm nicht helfen konnten“, sagte Philipp. Seine Stiefel taten höllisch weh. Mühsam kletterte er aus seinem Fass.

„Mann, die muss ich sofort wieder loswerden“, schimpfte er.

Philipp setzte sich auf die Veranda des Hotels. Als er den ersten Stiefel gepackt hatte und mit aller Kraft zog, rief Anne auf einmal: „Philipp! Ich glaube, wir können doch etwas tun.“

„Und was?“, fragte Philipp und hob den Kopf.

Ein kleines Pferd kam die Straße entlanggetrabt. Sein Fell war so rot wie das der wilden Mutterstute. Und es hatte auch eine schwarze Mähne und einen weißen Stern zwischen den Augen.

An seinem Hals baumelte ein Strick. Das kleine Fohlen sah verloren aus.

Hände hoch!

„Das ist bestimmt das Fohlen der roten Stute!“, rief Anne. „Es sucht nach seiner Mutter!“ Und schon rannte sie auf das Fohlen zu.

„Warte!“, rief Philipp ihr nach. Er zog das Buch aus dem Rucksack. Rasch fand er ein Kapitel mit dem Titel: „Pferde im Wilden Westen“. In diesem Kapitel stand:

Gegen Ende des 19. Jahrhunderts gab es im Wilden Westen über eine Million Wildpferde, sogenannte Mustangs. Diese zähen, flinken Pferde waren Abkömmlinge entlaufener Pferde der Spanier. Manche Cowboys fingen sie ein und verkauften sie an Farmer. Um einen wilden Mustang zuzureiten, musste man ziemlich geschickt sein.

Philipp blätterte weiter. Auf der nächsten Seite entdeckte er das Bild einer Pferdeherde. Zwei von ihnen sahen genauso aus wie die wunderschöne Fuchsstute und ihr Fohlen.

„Hey, Anne“, rief Philipp. „Schau dir mal dieses Foto an.“

Doch er bekam keine Antwort.

Verwundert blickte Philipp auf.

Er sah, wie Anne gerade versuchte, sich dem jungen Mustang zu nähern. Doch das Fohlen schreckte immer wieder zurück.

„Sei vorsichtig!“, rief Philipp ihr besorgt zu. „Es ist ein Wildpferd.“

Anne redete langsam und

beruhigend auf das Fohlen ein. Dann streckte sie vorsichtig eine Hand aus und packte den Strick, der vom Hals des Tieres baumelte. Anne führte es zu einem dicken Holzpfosten.

„Stopp! Warte mal kurz!“, rief Philipp.

Hastig überflog er die Seiten seines Buches. Endlich fand er einen Abschnitt mit der Überschrift „Grundregeln für den Umgang mit Pferden“.

Für den Umgang mit Pferden gelten ein paar einfache Regeln: Man braucht eine sanfte Hand, eine feste Stimme und ein heiteres Gemüt. Außerdem darf man nicht vergessen, das Pferd zu loben und es zu belohnen.

„Hier, ich kenne die Regeln!“, rief Philipp. „Warte, bis ich sie mir notiert habe!“

Philipp zog sein Notizbuch und seinen Stift aus dem Rucksack und schrieb:

Regeln im Umgang mit Pferden:
1. sanfte Hand
2. feste Stimme
3. heiteres Gemüt
4. Lob
5. Belohnung

„Okay, hör zu, du musst ...“ Philipp blickte auf.

Zu seiner Verwunderung saß Anne schon auf dem Rücken des Fohlens!

Philipp erstarrte und vergaß fast weiterzuatmen.

Der kleine Mustang wieherte und stampfte auf den Boden. Er schnaubte und warf den Kopf zurück.

Doch Anne tätschelte unbeirrt seinen Hals und redete sanft auf ihn ein.

Nach einer Weile beruhigte sich das junge Pferd.

Anne lächelte Philipp an. „Ich habe ihn Abendrot getauft“, sagte sie.

Philipp seufzte.

„Gehen wir!“, sagte Anne. „Wir müssen das Fohlen zu seiner Mutter bringen.“

„Spinnst du?“, rief Philipp. „Wir müssen doch unser Rätsel lösen. Es wird bald dunkel. Und diese drei Cowboys sind finstere Gesellen.“

„Wir haben keine andere Wahl", beharrte Anne.

Philipp wusste, dass sie sich nicht davon abbringen lassen würde. „Na gut. Mal sehen, was in dem Buch darüber steht." Er las weiter in dem Kapitel über Mustangs:

Wilde Mustangs leben in Herden zusammen. Eine Stute und ihr Fohlen haben eine sehr enge Beziehung zueinander. Sobald die Mutter hört, dass ihr Fohlen in Not ist, eilt sie zu ihm. Mustangs sind nicht gern alleine.

Philipp betrachtete Abendrot. Der junge Mustang sah wirklich sehr traurig und einsam aus.

„Okay, wir schmieden einen Plan", sagte Philipp. „Doch zuerst muss ich diese Stiefel loswerden."

Wieder packte er einen der Stiefel und zog daran.

„Beeil dich!“, sagte Anne ungeduldig.

„Solange ich diese Dinger anhabe, kann ich nicht einmal klar denken!“, stöhnte Philipp.

Plötzlich brüllte eine tiefe Stimme: „Hände hoch – oder ich schieße!“

Philipp ließ seinen Stiefel abrupt los. Er hob beide Arme in die Luft. Anne auch.

Ein Cowboy kam aus einer schmalen Gasse geritten. Sein Gesicht war kantig und sonnengebräunt. Er saß auf dem Rücken eines grauen Pferdes und hielt einen großen Revolver in der Hand.

„Ihr seid die jüngsten Pferdediebe, die mir je unter die Augen gekommen sind!“, rief er empört.

Pferdediebe

„Wir sind doch keine Pferdediebe!“, widersprach Anne.

„Dann erklärt mir mal, was ihr mit meinem Fohlen zu schaffen habt!“, sagte der Fremde wütend.

„Ein paar finstere Kerle sind mit seiner Mutter durch dieses Städtchen geritten“, erklärte Anne. „Das Kleine haben sie einfach zurückgelassen, weil es ihnen zu langsam war.“

„Aha, das müssen die Viehdiebe sein, die auch meine anderen fünf Mustangs geklaut haben“, sagte der Cowboy.

„Und wer sind Sie?“, fragte Philipp.

„Ich bin ein Cowboy“, sagte der Fremde.

„Die Diebe sind hier durchgeritten. Und wenig später tauchte Abendrot hier auf – ganz allein“, erklärte Anne. „Wir wollen ihn zu seiner Mutter bringen.“

„Abendrot?“, fragte der Cowboy.

„Ja“, antwortete Anne lächelnd. „So habe ich ihn getauft.“

Der Cowboy steckte seinen Revolver weg. „Ganz schön mutig von dir, dass du das Fohlen retten wolltest, Smiley“, sagte er.

„Danke“, antwortete Anne.

Philipp räusperte sich. „Ein Mustang braucht seine Herde“, sagte er. „Eine Mutter und ihr Fohlen stehen sich sehr nahe.“

Der Cowboy blickte Philipp

interessiert an. „Hey, du bist ja ganz schön schlau, Shorty."

„Shorty?", wiederholte Philipp verblüfft.

„Jeder Cowboy muss einen Spitznamen haben", erklärte der Cowboy. „Und du heißt ab heute Shorty, weil du noch recht klein bist. Und das nette Mädchen da, das lacht so schön. Sie heißt ab jetzt Smiley. Okay?"

„Und wie heißen Sie?“, wollte Anne wissen.

„Slim“, antwortete der Cowboy. „Ich bin Slim Cooley. Und das hier ist Dusty.“ Er tätschelte den Hals seines Pferdes.

„Echt passend“, fand Anne.

Da lag Anne ganz richtig. Slim war dünn, und Dusty war staubig.

„Aber sagt mal“, fragte der Cowboy. „Wie seid ihr bloß in Klapperschlangenstadt gelandet?“

Philipp schluckte. Ihm fiel beim besten Willen nicht ein, wie er das erklären sollte.

„Hm ... die Postkutsche ...“, begann Anne. „Wir haben den Kutscher gebeten, uns hier aussteigen zu lassen. Aber ich fürchte, das war ein Fehler.“

Slim blickte sich um. „Fürchte ich auch“, sagte er.

„Sobald die nächste Postkutsche kommt, fahren wir weiter“, erklärte Anne.

„Ich verstehe“, sagte Slim. „Nun gut. Ich schnappe mir jetzt mein Fohlen und versuche, die Viehdiebe einzuholen. Ihr habt nicht zufällig gehört, wohin sie reiten wollten?“

„Doch, sie sagten, sie wollten hinter dem Hügel ihr Lager aufschlagen“, sagte Philipp.

„Aha, das muss dort drüben sein“, sagte Slim, als er in der Ferne einen kleinen Hügel entdeckte. „Ich mache mich am besten gleich auf den Weg, bevor es dunkel wird“, sagte er.

„Können wir nicht mitkommen?“, fragte Anne.

„Nein, wir müssen hierbleiben“, sagte Philipp hastig. Da Abendrot bei Slim in besten Händen war, wollte Philipp lieber so schnell wie möglich das Rätsel lösen. Außerdem wollte er endlich diese lästigen Stiefel ausziehen.

„Shorty hat allen Grund, Angst zu haben“, sagte Slim zu Anne. „Das ist kein Job für euch.“

„Angst?“, rief Philipp empört.

„Oh, bitte! Ich möchte mitkommen“, bettelte Anne.

Slim warf Philipp einen prüfenden Blick zu. „Und was möchtest du, Shorty?“, fragte er.

Als Erstes wollte Philipp, dass Slim aufhörte, ihn Shorty zu nennen. Und außerdem wollte er nicht, dass Slim dachte, er sei feige.

„Klar, ich möchte auch mitkommen“, sagte Philipp.

„Und was ist mit eurer Postkutsche?“, fragte Slim.

„Die kommt sowieso erst morgen“, antwortete Anne schnell.

Slim kratzte sich am Kinn. „Ich denke, ich könnte schon zwei mutige Helfer brauchen. Aber ihr müsst alles tun, was ich euch sage. Das ist wichtig!“

„Versprochen!“, sagte Anne und bettelte: „Darf ich auf Abendrot reiten?“

„Den meisten Kindern würde ich das nicht erlauben, Smiley, aber du scheinst einen Draht zu Pferden zu haben“, sagte Slim. „Aber halte dich gut an seiner Mähne fest, ich führe ihn hinter mir her.“

Slim nahm den Strick vom Pfosten. Dann streckte er Philipp seine Hand hin.

„Setz deinen Fuß in den Steigbügel, Shorty. Und pack meine Hand!“, befahl Slim.

Philipp tat, was Slim sagte. Der Cowboy zog ihn zu sich herauf und setzte ihn vor sich auf den Sattel.

„Sitzt du gut?“, fragte Slim. „Es ist nicht weit.“ Slim ergriff die Zügel. Dusty ritt los und zog Abendrot hinter sich her.

Philipp wurde auf und ab geschüttelt. Seine Füße taten ihm weh, und die untergehende Sonne blendete ihn. „Das kann ja heiter werden“, dachte er.

„Und los!“, rief Slim.

„Und los!“, jauchzte Anne.

Schneller als der Wind

Bis sie oben auf dem Hügel ankamen, war es fast schon dunkel. Der Wind war frischer geworden – fast kühl.

„Brrrr“, sagte Slim.

Dusty blieb sofort stehen.

„Seht, dort unten haben sie ihr Lager aufgeschlagen“, flüsterte Slim.

Philipp sah ein Lagerfeuer am Fuß des Hügels. Nicht weit davon entfernt standen die Pferde in einer Gruppe zusammen. Eines stieß ein lautes Wiehern aus.

„Habt ihr das gehört?“, fragte Slim. „Das war die Stute. Sie spürt, dass ihr Fohlen in der Nähe ist.“

Die Stute wieherte erneut.

„Hört sich so an, als wäre sie festgebunden“, sagte der Cowboy. „Ich glaube, der Rest der Herde läuft frei herum.“

„Was haben Sie vor?“, flüsterte Philipp.

„Smiley, du bleibst hier und bewachst Abendrot“, bestimmte Slim.

„Okay“, sagte Anne.

„Shorty, wir zwei reiten hinunter zu den Halunken“, erklärte Slim weiter. „Du sorgst dafür, dass Dusty ruhig bleibt, während ich die Stute losbinde.“

„Wie soll ich denn ein Pferd beruhigen?“, dachte Philipp besorgt. Aber Slim hatte sich schon an Anne gewandt.

„Sobald die Stute frei ist, wird sie zu ihrem Fohlen stürmen“, sagte Slim.

„Dann musst du auf Abendrot losreiten, Smiley."

„Alles klar", antwortete Anne.

„Dann reiten wir los, so schnell wir können ...", sagte Slim.

„Wenn das nur gut geht", dachte Philipp.

„... bis wir im Blue Canyon sind", fuhr Slim fort.

„Wo ist denn das?", fragte sich Philipp.

„Alles klar? Noch irgendwelche Fragen?", fragte der Cowboy.

„Nein", antwortete Anne fröhlich.

Aber Philipp dachte: „Doch, ungefähr eine Million."

„Okay, Leute!", sagte Slim. „Bis gleich, Smiley. Auf, Shorty! Es geht los!"

Der Cowboy schnalzte mit den Zügeln, und Dusty ging langsam hügel-

abwärts. Ein fast voller Mond und eine Million Sterne leuchteten am Himmel.

„Vielleicht kann ich Slim jetzt ein paar Fragen stellen“, dachte sich Philipp.

Doch ausgerechnet in diesem Moment ertönten Stimmen aus der Richtung des Lagerfeuers. Sie klangen sehr unfreundlich. Es folgte ein grauenerregendes Gelächter.

Philipp bekam eine Gänsehaut.

Dusty blieb stehen.

„Das ist nahe genug“, flüsterte Slim.

Lautlos glitt er von Dustys Rücken. „Ihr beide bleibt hier“, flüsterte der Cowboy Philipp zu. „Und sorg dafür, dass Dusty ruhig bleibt.“

„Warten Sie ...“, flüsterte Philipp. Er brauchte unbedingt noch ein paar Informationen.

Doch Slim war schon weg.

Philipp griff nach den Zügeln und lauschte. Er konnte nur hoffen, dass Dusty ruhig blieb.

Anfangs war Dusty tatsächlich ganz brav. Doch dann schnaubte er leise und setzte sich in Bewegung.

„Oh nein!“, dachte Philipp entsetzt. Verzweifelt versuchte er, sich daran zu erinnern, welche Regeln im Umgang mit Pferden zu beachten waren.

Da fiel es ihm wieder ein: eine sanfte Hand, eine feste Stimme.

Er tätschelte Dustys Hals und flüsterte mit fester Stimme „Brrr!“. Zu seiner Überraschung blieb Dusty tatsächlich ruhig stehen.

Philipp fiel eine weitere Regel ein: heiteres Gemüt. Er tätschelte Dusty noch einmal. „Keine Angst“, flüsterte er. „Alles wird gut, du wirst schon sehen.“

Plötzlich erklang ein lautes Wiehern aus der Herde der Mustangs. Gemeinsam begannen sie, sich den mondbeschienenen Hügel hinaufzubewegen.

„Hey! Die Pferde hauen ab!“, rief einer der Viehdiebe.

Ein Schuss ertönte. Philipp zog den Kopf ein.

„Auf, Shorty!“, hörte er Slims Stimme. Philipp drehte den Kopf. Der Cowboy saß auf dem Rücken der Stute!

Philipp war entsetzt. Er hatte gedacht, Slim würde bei ihrer Flucht wieder auf Dusty reiten! Doch Slim ritt einfach an ihm vorbei! Als er Anne erreichte, galoppierte sie auf Abendrot davon.

Plötzlich donnerten Hufschläge hinter Philipp. Der Rest der Herde folgte der Stute!

Peng! Peng! Erneut fielen Schüsse.

Philipp packte die Zügel. „Auf, Dusty!“, rief er.

Dusty ließ sich nicht zweimal bitten

und machte sofort einen Satz nach vorn. Fast wäre Philipp heruntergefallen.

Peng! Peng!

Die Viehdiebe waren inzwischen ebenfalls auf ihre Pferde gesprungen. Sie kamen beängstigend schnell näher.

„Auf, Dusty. Schneller!“, schrie Philipp.

Als Dusty zu einem unbeholfenen Sprung über eine kleine Anhöhe ansetzte, spürte Philipp, wie er aus dem Sattel rutschte. Er ließ die Zügel los und klammerte sich nur noch am Sattelknauf fest, doch sein Gewicht zog ihn nach unten. Ängstlich kniff er die Augen zu und fiel zu Boden.

Peng! Peng!

„Mann, oh Mann“, dachte Philipp, „das ist das Ende!“

Vorsichtig machte er die Augen wieder auf. Er sah Dusty an, der auf ihn herunterblickte. Philipp rappelte sich auf und versuchte, wieder in den Sattel zu klettern. Aber ohne Slims Hilfe war das ziemlich schwierig.

Während Philipp sich noch abmühte,

hörte er, wie die Viehdiebe auf einmal erschrockene Schreie ausstießen. Ihre Pferde wieherten in den höchsten Tönen.

Philipp blickte sich um.

Eine schimmernde weiße Gestalt schwebte über dem Hügel! Die Pferde der Viehdiebe gerieten in Panik, schlugen aus und bewegten sich rückwärts.

Philipp hatte keine Zeit, lange darüber nachzudenken, was er da eben gesehen hatte. Er wusste, dass das vielleicht jetzt seine einzige Chance war zu verschwinden. Unter Aufbietung all seiner Kräfte zog er sich in den Sattel.

„Auf, Dusty! Lauf los!“, rief er mit neuem Mut.

Das Pferd setzte zu einem halsbrecherischen Galopp über die Prärie an. Philipp klammerte sich an die Mähne, während Dusty dahinsauste – schneller als der Wind.

Schreck in der Nacht

Philipp hüpfte im Sattel auf und ab. Er spürte den kühlen Nachtwind im Gesicht.

Er hatte keine Ahnung, wohin es ging. Doch er vertraute darauf, dass Dusty den anderen folgte.

Schließlich hatte Dusty die Herde eingeholt und lief etwas langsamer.

Dusty trabte neben Slim und Anne her.

„Hey, du!“, begrüßte ihn Slim.

„Hey, ihr!“, erwiderte Philipp.

„Alles in Ordnung?“, fragte Anne.

„Natürlich“, sagte er. „Und bei dir?“

„Super“, sagte sie.

„Das war ein toller Ritt, Shorty!“, lobte Slim ihn.

Philipp grinste. Inzwischen gefiel ihm sogar sein neuer Name.

„Wohin geht’s, Boss?“, wandte er sich wieder an den Cowboy.

„Zum Blue Canyon“, antwortete Slim.

„In Ordnung“, antwortete Philipp und fühlte sich richtig gut.

„Hier lang“, sagte Slim nach einer Weile. Er gab seinem Pferd einen Klaps, und die kleine Truppe ritt wieder schneller.

Der Cowboy lenkte die Herde nach links. Sie durchquerten einen tiefen, schmalen Pass. Dann kamen sie in eine ganz merkwürdige Schlucht. Eine kleine Ebene war umgeben von hohen Felswänden. Im Mondlicht warfen sie riesige Schatten.

„Hier im Blue Canyon können wir die Pferde grasen lassen“, sagte Slim.

Er half Philipp vom Pferd. Anne glitt allein von Abendrots Rücken.

„Bring Abendrot zu seiner Mutter!“, bat Slim Anne.

Das tat Anne nur zu gern. Sie freute sich, als sie im sanften Mondlicht sah, wie die beiden Mustangs sich zärtlich aneinanderrieben und leise wieherten.

Als Philipp Dustys feuchten Hals tätschelte, fielen ihm die beiden letzten Regeln wieder ein: Lob und Belohnung.

„Danke“, flüsterte er Dusty ins Ohr. „Das hast du toll gemacht! Du warst absolute Spitze!“

Slim nahm Dusty den Sattel ab und reichte Philipp die Satteltaschen.

„Trag sie rüber zur Grünfläche. Dort werden wir unser Lager aufschlagen“, sagte er.

Als Philipp die schweren Satteltaschen trug, spürte er wieder die steifen, viel zu engen Stiefel an seinen Füßen. Er plumpste erschöpft auf den Boden. Er war unglaublich müde. Anne setzte sich zu ihm.

„Sie sehen so froh aus! Toll, dass sie wieder frei und zusammen sind!“, sagte sie mit einem zufriedenen Blick auf die Mustangs.

„Stimmt“, sagte Philipp. „Wenn wir jetzt noch die Lösung unseres Rätsels hätten, wäre ich wunschlos glücklich“, sagte er.

„Das stimmt“, sagte Anne.

„Hey, Slim“, rief sie. „Ich habe eine Frage.“

„Schieß los!“, sagte der Cowboy.

„Wissen Sie zufällig die Lösung für dieses Rätsel?“, fragte Philipp. „Auf einmal, wie aus heiterem Himmel, vernehmt ihr leise meine Stimme: Wer bin ich? Bin ich?“

Slim überlegte kurz, dann antwortete er: „Tut mir leid, Shorty, das weiß ich nicht.“

Philipp war enttäuscht. „Na ja, macht nichts“, sagte er. „Wir leider auch nicht.“

„Ich habe auch eine Frage“, sagte Anne. „Warum hat das Klavier in dem Hotel ganz von allein gespielt?“

„Oh, das weiß ich zufällig“, antwortete Slim.

„Wirklich? Weshalb?“, fragte Anne gespannt.

„Das war der einsame Luke“, antwortete Slim. „Er ist der Geist eines Cowboys, der mutterseelenallein durch die Prärie wandert.“

Philipp setzte sich mit einem Ruck auf.

„Ich habe ihn gesehen!“, rief er aufgeregt. „Eben fällt es mir wieder ein! Er hat die Viehdiebe erschreckt! Wenn er nicht erschienen wäre, hätten sie mich geschnappt!“

„Wirklich?“, sagte Slim überrascht. „Tja, zum Glück ist Cowboy Luke ein recht hilfsbereiter Bursche.“

Slim ließ seinen Sattel neben Philipp und Anne ins Gras fallen und lehnte sich dann mit dem Rücken dagegen.

„Vor vielen, vielen Jahren war Luke schrecklich verliebt in eine junge Frau“, erzählte Slim. „Doch ihr hat es im Wilden Westen nicht gefallen. Deshalb zog sie wieder nach Osten.“

„Und was geschah dann?“, fragte Philipp neugierig.

„Der arme Luke wurde vor lauter Kummer wahnsinnig. Jeden Abend kam er ins Hotel und spielte Klavier. Er spielte immer nur dasselbe Lied – immer wieder. Dann, eines Nachts, verschwand er einfach in der Prärie und wurde nie wieder lebend gesehen. Seine Knochen fand man erst Jahre später. Doch die Leute behaupten, sein Geist käme immer wieder ins Hotel, um Klavier zu spielen. Wartet, die Melodie geht so."

Slim zog eine Mundharmonika aus der Tasche und begann, eine Melodie zu spielen. Es war dasselbe Lied, das Philipp und Anne am frühen Abend in dem verlassenen Hotel gehört hatten.

Philipp legte sich wieder auf den Rücken und lauschte der Melodie. In der Ferne heulte ein Kojote auf.

„Ich muss mir unbedingt ein paar Notizen machen“, dachte Philipp.

Doch dazu kam er nicht mehr. Er war noch in derselben Minute eingeschlafen. Nicht einmal die Stiefel hatte er ausgezogen.

Wieder frei!

Philipp öffnete die Augen.

Die Sonne stand schon hoch über den Felsen der Schlucht. Philipp hatte verschlafen!

Slim und Anne saßen am Feuer, einen Blechbecher in der Hand.

„Kaffee? Kekse?“, fragte Anne ihren Bruder.

„Woher habt ihr das?“, fragte Philipp.

„Ein Cowboy hat stets Kekse und eine Feldflasche mit Kaffee bei sich“, erklärte Slim.

Er kam zu Philipp herüber und reichte ihm einige Kekse und einen Becher mit Kaffee.

Philipp nahm einen Bissen und trank einen Schluck.

„Es ist Zeit, Dusty zu satteln“, sagte Slim, „und euch in die Stadt zurückzubringen, damit ihr eure Postkutsche nicht verpasst.“

„Und was machen Sie dann?“, fragte Anne.

„Ich reite gen Süden mit meiner kleinen Herde“, antwortete Slim. „Ich will die Pferde verkaufen. Dann komme ich zurück in die Prärie und treibe eine neue Herde zusammen.“

Während Slim Dusty sattelte, nahm Philipp Notizbuch und Stift aus seinem Rucksack und schrieb:

Cowboy-Frühstück:
bitterer Kaffee
steinharte Kekse

„Hey, Shorty!“, rief Slim auf einmal. „Was machst du da?“

„Ich mache mir Notizen“, antwortete Philipp.

„Wofür?“

„Er schreibt sich gern alles Mögliche auf“, erklärte Anne.

„Ach, wirklich?“, sagte Slim. „Ich auch. Ehrlich gesagt, kam ich eigentlich in den Wilden Westen, um ein Buch zu schreiben. Doch dann ergab eins das andere. Und ehe ich mich versah, war ich Cowboy.“

„Slim, Sie sollten lieber Ihr Buch schreiben“, sagte Anne, „und die Mustangs in Freiheit leben lassen.“

„Meinst du?“, überlegte der Cowboy.

„Ich bin mir ganz sicher“, sagte Anne und blickte zu den friedlich grasenden Wildpferden.

„Ja“, sagte auch Philipp. „Vielleicht könnten Sie ein Buch über den Wilden Westen schreiben, Slim.“

Slim blickte unschlüssig auf seine kleine Herde. „Ich weiß nicht recht“, sagte er nachdenklich.

Slim blickte auf Philipp und Anne.

„Ihr habt recht. Ich glaube, ich werde in Zukunft lieber Bücher schreiben. Gehen wir!“, sagte er. „Bevor ich es mir wieder anders überlege.“

„Super!“, rief Anne. „Ich erzähle es Ihren Pferden gleich.“ Sie sprang auf.

Kurze Zeit später saßen alle drei auf Dusty.

Slim packte die Zügel, und das Pferd trabte brav los.

Die Sonne brannte heiß vom Himmel herab, während Dusty den steilen Weg hinaufstieg, der aus der Schlucht führte. Als die drei Reiter oben angekommen waren, blickten sie noch einmal hinunter ins Tal.

Die Mustangs tänzelten übermütig herum. Ihr Fell schimmerte im dunstigen Licht.

„Verabschiede dich von deinem neuen Freund, Smiley!“

Anne schaute Slim an. „Bleib immer brav bei deiner Mama, Abendrot!“, rief Anne. „Tschüss, auf Wiedersehen ...“

Von den Wänden der Schlucht ertönte plötzlich eine Stimme: „Wiedersehen!"

Anne schnappte nach Luft. „Wer hat das gerufen?", fragte sie erschrocken. „Ein Geist?"

„Nein", antwortete Philipp unbeeindruckt. „Das war nur ein Echo. Das kommt daher, weil die Töne von den Wänden der Schlucht zurückgeworfen werden."

Slim legte die Hände an den Mund. „Wer bin ich?", rief er mit lauter Stimme.

„Bin ich?", ertönte eine entfernte Stimme.

„Na klar, das ist es!", rief Philipp auf einmal. „Das ist die Antwort ..."

„... auf Morgans Rätsel!", ergänzte Anne.

„Die Lösung ist: Echo!", riefen Anne und Philipp wie aus einem Mund.

Philipp drehte sich zu Slim um. „Das haben Sie gestern Abend schon gewusst, stimmt's?", fragte er.

Doch der Cowboy grinste nur und schnalzte mit den Zügeln. „Gehen wir, Freunde", sagte er.

Der einsame Geist

Die Sonne ging schon wieder unter, als Dusty mit seinen drei Reitern in Klapperschlangenstadt ankam.

„Sie können uns einfach vor dem Hotel absetzen", meinte Anne.

„Seid ihr sicher, dass die Postkutsche bald kommt?", fragte Slim.

„Ja", antworteten Philipp und Anne.

Vor dem verlassenen Hotel sprang Slim von Dustys Rücken. Dann half er den Geschwistern herunter.

Slim stieg wieder auf Dustys Rücken. „Weißt du was, Shorty?", sagte er. „Du bist zwar nicht der Größte, aber du hast Köpfchen."

„Danke“, sagte Philipp. Er freute sich riesig über das Lob.

„Und du, Smiley“, wandte Slim sich nun an Anne. „Du bist ein supermutiges Mädchen. Da gibt es keinen Zweifel.“

„Danke“, sagte Anne.

„Viel Glück mit dem Schreiben, Slim!“, sagte Philipp.

„Ich bin euch dankbar, dass ihr mich wieder auf meinen ursprünglichen Weg zurückgebracht habt“, erklärte Slim. „Und ich verspreche euch, ihr werdet noch von mir hören!“

„Wirklich?“, fragte Anne.

„Ein Cowboy hält immer, was er verspricht“, antwortete Slim. Dann ergriff er die Zügel und trabte die Straße hinunter.

„Tschüss, Slim!“, rief Anne ihm nach.

Slim Cooley drehte sich ein letztes Mal um. Er schwenkte seinen Hut.

„Bis bald, Leute!“, rief er zurück.

Dann ritt er davon, direkt in den Sonnenuntergang.

Philipp stieß einen tiefen Seufzer aus. „Okay, jetzt kann ich endlich diese grässlichen Stiefel ausziehen“, sagte er.

„Ich auch“, sagte Anne.

Die beiden setzten sich auf die Veranda des Hotels. Dort begannen sie, an ihren Stiefeln zu zerren.

„Geschafft!“ Philipp war seine Stiefel als Erster los.

Er wackelte mit den Zehen. Dann holte er seine Turnschuhe aus dem Rucksack und zog sie wieder an. Anne schlüpfte in ihre.

„Mann, so Turnschuhe sind echt spitzenmäßig bequem“, meinte Philipp.

Plötzlich drang leise Klaviermusik an ihr Ohr.

„Der einsame Luke!“, sagte Anne.

Philipp schnappte sich seinen Rucksack. Er und Anne schlichen über die Veranda. Behutsam schoben sie die Schwingtür auf.

Das Klavier spielte eine wehmütige Melodie. Auf dem Klavierhocker sah man undeutlich die schimmernden Umrisse eines Cowboys.

Genau in diesem Augenblick blickte Luke auf und entdeckte Philipp und Anne. Er hob seine schimmernde Hand und winkte ihnen zu.

Philipp und Anne winkten zurück.

Gleich darauf verblassten die Umrisse des Geistes. Ein kühler Windstoß fegte an Philipp und Anne vorbei. Und beide bekamen eine Gänsehaut.

„Gehen wir lieber!“, flüsterte Philipp.

Die beiden Kinder machten auf dem Absatz kehrt und rannten die staubige Straße hinauf. Sie rannten über die zerfurchte Erde und am Friedhof vorbei. Sie rannten, bis sie an dem hohen Baum angekommen waren, auf dem ihr Baumhaus gelandet war.

Anne griff nach der Strickleiter.

Flink kletterte sie nach oben und Philipp hinterher.

Anne griff nach dem alten Pergament und entrollte es.

„Ja, richtig!“, sagte sie.

Auf der Schriftrolle schimmerte ein Wort:

„Wir haben es erraten!“, rief Anne.

Philipp nahm das Pennsylvania-Buch in die Hand. Er zeigte auf das Bild vom Wald von Pepper Hill.

„Ich wünschte, wir wären dort!“, sagte er.

Wind kam auf.

Das Baumhaus drehte sich.

Es drehte sich immer schneller und schneller.

Dann auf einmal war alles still. Totenstill.

Echo aus der Vergangenheit

Philipp und Anne schauten nach draußen. Kein Zweifel – sie waren wieder in Pepper Hill.

Anne hielt noch immer die Schriftrolle in der Hand. Sie legte sie in die Ecke, neben die Schriftrolle von ihrer Ozeanreise.

„Nur noch zwei“, flüsterte sie.

Philipp zog den Reißverschluss seines Rucksacks auf und holte das Buch mit dem Titel *Aus den Tagen des Wilden Westens* heraus. Dann legte er es auf den Stapel zu den anderen Büchern.

„Fertig?“, fragte er.

Aber Anne reagierte nicht, sondern starrte mit offenem Mund auf den Bücherstapel.

„Was ist los?“, wunderte sich Philipp.

Doch Anne starrte noch immer wie hypnotisiert auf die Bücher.

„Was hast du?“, fragte Philipp.

Anne deutete auf das Wildwest-Buch.

„Lies mal“, sagte sie. „Da, auf dem Umschlag.“

Philipp nahm das Buch wieder in die Hand. Er las den Titel laut vor: „Aus den Tagen des Wilden Westens.“ Philipp sah Anne fragend an. „Na und?“

„Lies weiter“, bat Anne.

Unter dem Buchtitel stand der Name des Autors. Er war etwas kleiner gedruckt. Philipp las: „Slim Cooley.“

Nun bekam auch Philipp den Mund nicht mehr zu. Die Geschwister starrten stumm auf diesen Namen.

„Junge, Junge“, flüsterte Philipp. „Ich habe die ganze Zeit in Slims Buch gelesen. In dem Buch, das er geschrieben hat, nachdem wir uns getrennt haben!“

Philipp schlug Slims Buch auf und betrachtete die erste Seite. Unten stand: Texas Presse, Dallas, 1895.

Philipp blätterte weiter, bis zur Widmung.

Mein Dank gilt Smiley und Shorty, zwei Kindern, die mein Leben verändert haben.

Philipp sah Anne an. „Slim hat uns sein Buch gewidmet“, sagte er.

„Sieht ganz so aus“, erwiderte sie.

Philipp legte Slims Buch wieder auf den Stapel zu den anderen Büchern.

Dann verließen die Geschwister das Baumhaus und kletterten zur Erde hinab.

Als sie durch den Wald gingen, hörten sie lebhaftes Vogelgezwitscher von den Bäumen. Die Luft war warm und feucht.

„Pepper Hill ist so ein friedlicher Ort“,

sagte Philipp. „Hier gibt es keine Klapperschlangen, keine Pferdediebe und keine Gespenster.“

„Ja, aber leider auch keinen Slim Cooley“, sagte Anne betrübt.

„Ich weiß“, seufzte Philipp. „Aber wenn wir in seinem Buch lesen, dann ist es, als würde er mit uns reden.“

„Stimmt“, sagte Anne. „Du meinst, das ist wie ein Echo aus der Vergangenheit?“

„Ja“, sagte Philipp verträumt.

In diesem Moment hörten sie wie aus heiterem Himmel eine Stimme: „Philipp! Anne!“

„Das ist Papa!“, sagte Anne.

„Wir kommen schon!“, riefen sie.

Als die beiden Geschwister nach Hause rannten, warf die untergehende Sonne schon lange Schatten.

Im Tal der Löwen

In der Savanne Afrikas

Philipp und Anne waren auf dem Weg vom Einkaufen nach Hause. Philipp wollte gerade den schweren Rucksack mit einem großen Glas Erdnussbutter und einem geschnittenen Brotlaib absetzen, als er etwas Außergewöhnliches entdeckte.

„Oh Mann!“, flüsterte er.

„Was ist denn los?“, wollte Anne wissen.

„Schau doch mal da“, sagte Philipp und zeigte zum Waldrand. Im Schatten der Bäume stand ein zartes Tier, das aussah wie ein kleines Reh.

„Das ist sicher ein Bote“, flüsterte

Anne, „wie das Kaninchen, das uns damals zu unserer Reise in den Wilden Westen abgeholt hat."

Das Tier verschwand im Wald. Die Geschwister folgten ihm, ohne nachzudenken.

Philipp, der sich nicht mal Zeit genommen hatte, den Rucksack abzunehmen, spürte beim Rennen, wie das Glas Erdnussbutter gegen seinen Rücken schlug.

Nach einer Weile blieben sie stehen und schauten sich um.

„Wo ist das Tier nur hingelaufen?", fragte Philipp.

„Ich kann es auch nicht entdecken", antwortete Anne.

„Oh, Wahnsinn", rief Anne auf einmal und zeigte nach oben.

Über ihnen glänzte in der Nach-

mittagssonne auf dem höchsten Baum des Waldes das magische Baumhaus. Die Strickleiter, die zum Baumhaus hinaufführte, schaukelte im Schatten.

„Wo ist nur Morgan?“, überlegte Anne.

Morgan, die Fee, stand diesmal nicht wie sonst am Fenster, um ihnen zuzuwinken. Sie schien heute überhaupt nicht da zu sein.

„Keine Ahnung“, sagte Philipp. „Komm, lass uns einfach nachschauen, wo sie ist.“

Sie kletterten die Leiter hoch und schlüpften in das Baumhaus.

Die Sonne schien durch das Fenster direkt auf einen Bücherstapel und zwei Pergamentrollen, die in einer Ecke lagen. In diesen alten Schriftrollen waren die Lösungen zu den Rätseln enthalten, die Philipp und Anne schon herausgefunden hatten.

Philipp setzte erst mal seinen schweren Rucksack ab und atmete auf.

„Ob Morgan uns ein neues Rätsel dagelassen hat?“, überlegte Anne laut.

„Seid ihr denn auf der Suche nach einem neuen?“, fragte da eine leise Stimme.

Die beiden wirbelten herum.

„Morgan!“, rief Anne erstaunt.

Die Fee Morgan war wie aus dem Nichts aufgetaucht. Im strahlenden Licht sah sie zwar sehr alt, aber gleichzeitig auch wunderschön aus.

„Na, wollt ihr beiden immer noch Meister-Bibliothekare werden?“, fragte sie.

„Klar!“, antworteten die beiden wie aus einem Munde.

„Na, wunderbar“, sagte Morgan und holte aus den Falten ihres weiten Gewandes eine neue Pergamentrolle hervor.

„Zwei Rätsel habt ihr bisher gelöst“, lobte sie die Geschwister. „Hier kommt das dritte.“

Sie gab Anne die Schriftrolle.

„Und da habe ich noch etwas für euch“, sagte sie und hielt Philipp ein

Buch hin. „Hier könnt ihr nachschlagen, wenn ihr auf eurer Reise etwas wissen möchtet."

Auf dem Umschlag stand: *In der Savanne Afrikas*.

„Afrika!", rief Philipp, „da wollte ich schon immer mal hin."

Anne und er betrachteten die wunderbaren Bilder, auf denen Zebras, riesige Giraffen, unheimlich große Nashörner und kleine, rehhafte Wesen zu sehen waren.

„Schau mal, da ist ja das Tier, das uns hierhergebracht hat!“, staunte Anne.

„Das ist eine Thomson-Gazelle“, sagte Morgan.

„Und wo sind die Löwen?“, fragte Philipp.

„Das müsst ihr schon selber herausfinden“, erwiderte Morgan.

„Hm“, überlegte Philipp, „vielleicht sollten wir noch überlegen, was wir alles mitnehmen wollen?“

„Das braucht ihr nicht“, meinte Morgan lächelnd, „wünscht euch jetzt nach Afrika. Alles andere ergibt sich.“

Anne zeigte auf ein besonders schönes Bild: „Ich wünschte, wir wären dort!“

„Seid vorsichtig“, rief Morgan ihnen nach, „seid auf der Hut!“

„Vor was?“, wollte Philipp wissen.

„Vor den Löwen, natürlich!“, antwortete Morgan.

„Stopp!“, rief Philipp entsetzt.

Aber es war zu spät.

Wind kam auf.

Das Baumhaus begann, sich zu drehen.

Philipp machte die Augen zu.

Das Baumhaus drehte sich schneller und immer schneller.

Plötzlich war alles wieder still. Totenstill!

Wo sind die Löwen?

Strahlendes Sonnenlicht durchflutete das Baumhaus. Draußen vor dem Fenster hörten die Geschwister ein Rascheln.

Anne spähte hinaus und musste lachen: „Hallo, du da. Wie geht's?"

Da wurde Philipp auch neugierig und schaute zum Fenster hinaus. Dort stand eine Giraffe und fraß seelenruhig Blätter von dem Baum, auf dem sie soeben gelandet waren. Sie hatte ein freundliches Gesicht.

Philipp schaute an ihr vorbei. Er sah auf die weite Ebene unter ihnen und wollte seinen Augen kaum trauen.

Vor sich sah er eine weite Graslandschaft, einen breiten Fluss und Hunderte und Aberhunderte Tiere und Vögel. So viele Tiere hatte er noch nie zuvor auf einem Fleck gesehen.

Giraffen und Zebras grasten auf einer Seite des Flusses, Gazellen und diese riesigen, gehörnten Tiere auf der anderen.

„Und wo sind die Löwen?“, fragte Philipp.

„Keine Ahnung“, antwortete Anne. „Glaubst du, dass es hier immer so viele Tiere gibt?“

„Das können wir gleich herausfinden!“, meinte Philipp und holte das Buch über Afrika heraus. Er las laut vor:

Jedes Jahr im Frühling ziehen unzählige Zebras, Gazellen und Gnus aus der trockenen Ebene Tansanias nach Kenia.

„Und bleiben sie dann in Kenia?“, wollte Anne wissen.

Philipp rückte seine Brille zurecht. „Diese Tiere kommen hierher wie die Zugvögel. Sie bleiben eine Weile, und dann ziehen sie wieder zurück.“

„Verstehe!“, sagte Anne.
Philipp blätterte um und las weiter:

Um nach Kenia zu gelangen, müssen die Tiere den Fluss Mara überqueren. Sie tun das immer in derselben Reihenfolge: Zuerst die Zebras, dann die Gnus, und zuletzt schwimmen die zierlichen Gazellen durch das Wasser.

Plötzlich rief Anne mit trauriger Stimme: „Ach je!“

„Aber was ist denn los?“, wunderte sich Philipp.

„Schau doch nur, die armen Tiere.“ Anne deutete aus dem Fenster. „Sie sehen so aus, als ob sie Angst hätten.“

Auf der anderen Seite des Flusses standen gehörnte Tiere am steilen Ufer und starrten ängstlich auf das strömende Wasser.

„Springt doch ins Wasser! Traut euch!“, rief Anne ihnen zu.

„Sei nicht albern. Sie können dich ja sowieso nicht verstehen“, meinte Philipp.

Er suchte mit den Augen die weite Ebene ab: „Wo wohl die Löwen sind?“

„Das ist mir ganz egal“, erklärte Anne, „ich muss jetzt gehen!“

„Wo willst du denn hin?“, rief Philipp entsetzt.

„Zum Fluss!“, antwortete Anne. „Ihnen helfen!“

„Wem helfen?“, fragte Philipp.

„Na, den wilden Tieren auf der anderen Seite des Wassers“, sagte Anne. „Ich will ihnen helfen herüberzukommen.“

„Bist du verrückt?“, schimpfte Philipp.

Doch Anne drückte ihm einfach die Schriftrolle in die Hand und kletterte an der Strickleiter aus dem Baumhaus nach unten.

„Warte!“, rief Philipp. „Wir haben das Rätsel von Morgan doch noch gar nicht gelesen.“

„Na, dann lies es doch jetzt einfach vor“, sagte Anne und unterbrach ihren Abstieg.

Philipp rollte das alte Pergament auf und las laut vor:

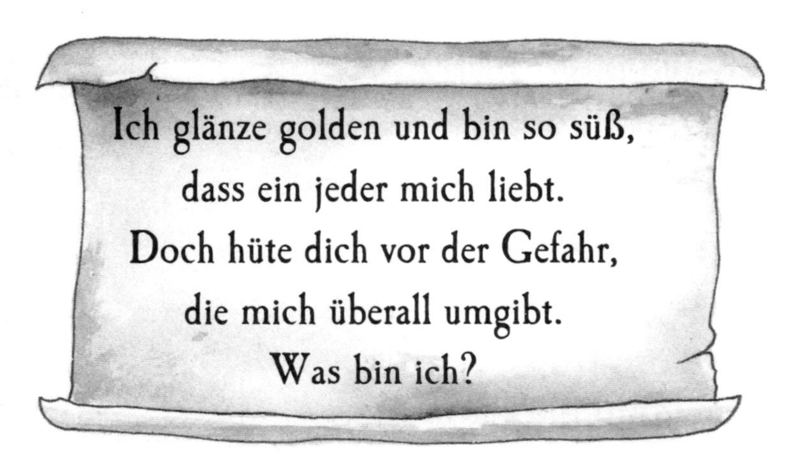

Anne kletterte weiter nach unten.

„Anne, bleib hier!“

„Wir suchen die Antwort zum Rätsel später“, beruhigte sie ihren Bruder.

„Was willst du denn jetzt machen?“, fragte Philipp.

Aber er bekam keine Antwort mehr. Anne hüpfte vom Ende der Strickleiter auf den Boden und lief durch das hohe Gras zwischen den Zebras und Giraffen zum Fluss hinunter.

„Ich kann es einfach nicht fassen“,

schimpfte Philipp vor sich hin, während er das Buch über Afrika in seinen Rucksack packte.

Er kletterte die Leiter hinunter.

Unten angekommen, schaute er sich vorsichtig nach allen Seiten hin um.

Die Giraffen fraßen friedlich die Blätter von den Bäumen.

Die Zebras grasten, und unzählige Vögel flogen über ihn hinweg.

„Alles in Ordnung“, dachte er. Nur eine Frage ließ ihm keine Ruhe: Wo, verflixt noch mal, waren nur die Löwen?

So ein Schlamassel!

„Jetzt komm schon, Philipp!“, rief Anne vom Fluss aus.

„Ja, gleich!“, antwortete er. Philipp wollte sich zuerst die Giraffen und Zebras anschauen.

Er holte das Afrika-Buch aus dem Rucksack, und als er ein Bild von den Giraffen fand, las Philipp:

Giraffen haben ein sehr ungewöhnliches Aussehen. Sie werden bis zu 5,5 m hoch, und ihre Hufe sind so groß wie Teller. Wenn Giraffen angegriffen werden, setzen sie sich mit gefährlichen Tritten zur Wehr. Daher vermeiden es selbst Löwen, Giraffen zu nahe zu kommen.

Philipp holte sein Notizbuch heraus und schrieb auf:

Wichtige Information über Afrika: Löwen meiden Giraffen.

Dann blätterte er auf die nächste Seite und las weiter:

Zebras leben in Familiengruppen von ungefähr 16 Tieren zusammen. Jedes Zebra auf der Welt hat ein anderes Streifenmuster. Das heißt: Kein Fell gleicht dem anderen. So lernt jedes Fohlen das Muster seiner Mutter auswendig, damit es sie immer wieder erkennt.

Philipp betrachtete die Zebras und versuchte, ihre Musterungen zu unterscheiden. Aber im staubigen Licht der

Nachmittagssonne wurde ihm von den vielen Streifen ganz schwindelig.

Er blinzelte, um wieder einen klaren Kopf zu bekommen, und las weiter:

Die Zebras überqueren als erste Tiere den Fluss, da sie das harte, hohe Gras fressen. Wenn sie die oberste Lage abgegrast haben, kommen die Gnus und fressen die nächste Lage. Sie bereiten so das Gras für die Gazellen vor, die zuletzt kommen.

„Das ist ja irre“, dachte Philipp, „jede Tierart ist sozusagen von ihren Vorgängern abhängig.“

Und er fügte noch in seinem Notizbuch hinzu:

Die Tiere brauchen einander.

Da hörte Philipp vom Flussufer her Annes Rufe: „Lauft durch den Fluss! Los, lauft! Traut euch! Seid nicht so ängstlich! Na, kommt schon!“

Anne sprang dabei selbst hin und her und feuerte die Gnus an.

Philipp seufzte. „Ich passe lieber ein bisschen auf sie auf, ehe es Ärger gibt“, dachte er.

Schnell steckte er das Afrika-Buch und sein Notizbuch in den Rucksack und rannte zum Flussufer. Sein Rucksack war entsetzlich schwer und ausgebeult und hüpfte nun wieder auf seinem Rücken. Warum hatte er bloß vergessen, die Erdnussbutter und das Brot herauszunehmen?

Philipp beschloss, die Sachen im Baumhaus zu lassen, und wollte umkehren.

Aber da fiel ihm auf, dass er Anne nicht mehr hörte.

Er sah sich um.

Komisch, sie war verschwunden. Wie vom Erdboden verschluckt.

„Anne?“, rief er, so laut er konnte.

Keine Antwort.

Wo war sie bloß?

„Anne!“, rief er wieder.

Aber sie blieb verschwunden.

„Oh Mann“, stöhnte Philipp.

Ihre Reise nach Afrika hatte gerade

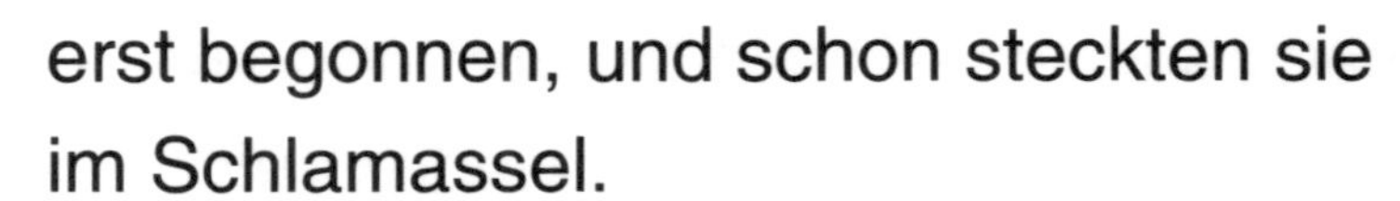

erst begonnen, und schon steckten sie im Schlamassel.

Er achtete nicht auf seinen schweren Rucksack und rannte, so schnell er konnte, los, um Anne zu suchen.

Philipp lief im Zickzack zwischen den grasenden Zebras und Giraffen hindurch bis zum Fluss.

Im Schlammloch

„Hilfe!“, schrie Anne.

Philipp sah, dass Anne in ein riesiges Schlammloch in der Nähe des Ufers gefallen war. Der zähe schwarze Schlamm ging ihr bereits bis zur Brust.

„Ich bin ausgerutscht“, jammerte sie. „Es ist, als wenn ich auf Treibsand stehen würde.“

Philipp nahm seinen Rucksack ab und kniete sich hin.

„Pass bloß auf, dass du nicht auch hineinrutschst!“, warnte ihn Anne.

Er zeigte auf ein Knäuel alter Wurzeln an der Uferböschung und schlug vor: „Halt dich daran fest!“

Anne versuchte, die Wurzeln zu erreichen, aber sie waren zu weit weg. „Ich versinke!“, schrie sie verzweifelt.

Und tatsächlich steckte sie schon viel tiefer im Schlamm. Er ging ihr bereits fast bis zum Hals.

„Halte durch!“, rief Philipp und schaute sich um. Da entdeckte er einen ziemlich dicken Ast. Er rannte, so schnell er nur konnte, holte den Ast

und schleppte ihn zum Flussufer. Von Anne sah man inzwischen nur noch ihr ängstliches Gesicht und die in die Luft gehobenen Arme.

Philipp hielt ihr den Ast hin, und sie klammerte sich mit letzter Kraft daran fest.

„Lass ihn bloß nicht los“, beschwor er sie, „ich werde jetzt versuchen, dich zu den Wurzeln herüberzuziehen.“

Philipp zog den Ast mit aller Kraft in die Richtung der Wurzeln.

„Beeil dich! Ich sinke immer tiefer!“, schrie Anne verzweifelt. Der Schlamm schwappte ihr schon bis zum Kinn.

„Los, du schaffst es“, rief Philipp. „Bestimmt! Du schaffst es! Versuche es! Versuche es doch!“

In diesem Augenblick hörte Philipp ein lautes Platschen und schaute sich um.

An der anderen Seite des Flusses war ein Gnu ins Wasser gesprungen. Dann noch eins ... und noch eins. Sie kamen direkt auf Philipp und Anne zu. Er wusste, ihnen blieb nicht mehr viel Zeit.

„Halt dich fest!“, schrie Philipp und versuchte noch einmal, den Ast zu den Wurzeln herüberzuziehen.

Tatsächlich bewegte sich Anne ein Stück.

„Oh Philipp, auf dem Mond hatte ich das Gefühl, ich wiege nur ein paar Kilos, und hier komme ich mir vor wie eine Tonne“, stöhnte Anne.

„Jetzt konzentriere dich gefälligst, Anne!“, schimpfte Philipp. Er musste vorsichtig sein, um nicht selbst die Uferböschung hinunterzurutschen.

„Mach ich doch!“

In der Zwischenzeit hatten die ersten Gnus den Fluss schon fast überquert. Und immer mehr Gnus sprangen ins Wasser.

„Jetzt oder nie“, schrie Philipp, holte tief Luft und zog mit aller Kraft.

Da sah er einen Schatten über sich und schaute nach oben.

„Oh nein!“, rief Philipp entsetzt.

Ein riesiger Aasgeier kreiste über ihnen.

„Der glaubt, du machst es nicht mehr lange“, meinte Philipp.

„Hau ja ab“, brüllte Anne nach oben. „Mir geht es prima!“

Voller Wut ließ sie den Ast los, griff nach den Wurzeln und konnte sie diesmal wirklich fassen!

„Jippieh!“, schrie Philipp. „Zieh! Zieh!“

Langsam zog sich Anne aus dem Schlamm heraus. Sie war von der Zehenspitze bis zum Kinn schwarz vom Schlamm. Philipp half ihr zurück ans Ufer – danach sah er fast genauso schmutzig aus.

„Siehst du!“, schrie Anne dem Aasgeier zu: „Aus dem Abendessen wird nichts! Hau endlich ab!“

Aber der riesige, hässliche Vogel kreiste weiter über ihnen.

„Bloß weg von hier“, sagte Philipp und rückte seine verrutschte Brille zurecht.

„Mist, jetzt habe ich das Zeug auch noch auf der Brille!“, fluchte er.

Er versuchte, seine Hände im Gras zu säubern, als Anne plötzlich aufschrie.

Philipp drehte sich um.

„Die Gnus schwimmen direkt auf das Schlammloch zu!“, rief Anne. Sie wedelte mit den Armen, um den Gnus Zeichen zu geben.

„Nein, nicht hier lang. Schwimmt nicht hierher!“, rief Anne.

Aber die Tiere kamen immer näher.

Wer zuletzt lacht ...

„Oh nein! Nicht! Nicht!“, rief Anne.

Sie lief am Flussufer entlang, bis sie eine sandige Stelle gefunden hatte.

„Hierher! Kommt doch hierher!“, schrie sie aus Leibeskräften.

Die Gnus schauten mit weit aufgerissenen Augen in ihre Richtung.

Philipp traute seinen Augen kaum, als die Tiere tatsächlich zögernd die Richtung wechselten. Sie schwammen nun direkt auf Anne zu. Sie winkte die Gnus zu sich heran wie eine Verkehrspolizistin.

Philipp schnappte sich inzwischen seinen Rucksack.

„Anne! Komm, wir gehen, bevor wir hier zertrampelt werden."

„Hier seid ihr richtig!", rief sie den Gnus zu, während sie Philipp folgte.

Die Geschwister rannten flussabwärts – nur weg von den Gnus. Ganz außer Atem blieben sie schließlich stehen und schauten sich um.

Alles klappte prima. Die Gnus stiegen sicher ans Ufer und fingen an, von dem Gras zu fressen, von dem die Zebras schon die Spitzen abgefressen hatten.

„Das hast du toll gemacht!", lobte Philipp seine Schwester.

„Find ich auch", sagte sie. „Und jetzt das Rätsel ..."

„Nein", sagte Philipp, „zuerst müssen wir uns mal wieder sauber machen. Du siehst aus, als hättest du einen Schlammanzug an."

Auf einmal hörten die beiden ein hohes, schrilles Lachen. Es klang böse und spöttisch.

Als sie sich umdrehten, entdeckten sie zwei braun gefleckte Tiere im hohen Gras.

Sie hatten Körper wie Hunde, aber abgeschrägte Rücken. Jetzt lachten sie schon wieder.

„Ha, ha“, äffte Anne die Tiere nach. „Ihr seht auch nicht besser aus!“

„Was sind das für eigenartige Tiere?“, fragte Philipp und holte das Buch aus dem Rucksack, wobei er darauf achtete, dass es nicht dreckig wurde. Als er ein Bild von ihnen gefunden hatte, las er laut vor:

> In der Savanne Afrikas ist die Hyäne – nach den Löwen – das größte Raubtier. Ihr Bellen hört sich an wie ein schrilles Lachen von Menschen.

„Soll das heißen, dass Hyänen alles fressen, was ihnen vor die Schnauze kommt?“, fragte Anne.

„Genau“, bestätigte Philipp.

„Oje“, sagte Anne.

Die Hyänen kamen nun einige Schritte auf sie zu.

Mit leiser Stimme las Philipp weiter:

Hyänen stehen im Ruf, Diebe und Feiglinge zu sein.

„Das muss ich ausprobieren“, flüsterte Anne, „ich versuche mal, sie zu erschrecken.“

Die Hyänen bellten ihr schrilles Lachen und kamen noch näher.

„Wie denn?“, fragte Philipp.

„Ganz einfach“, meinte Anne, „wir tun so, als wären wir Monster.“

Philipp und Anne schnitten Monstergrimassen und breiteten die Arme aus.

Dabei schrien sie immer wieder: „Uah, uah!“

Da jaulten die Hyänen auf und liefen eilig davon.

„Ihr Angsthasen!“, rief Anne ihnen hinterher.

„Komm weiter“, mahnte Philipp.

Anne und Philipp schlugen die entgegengesetzte Richtung ein. Als sie etwas später an der Flussbiegung

ankamen, hörten sie das Lachen der Hyänen immer noch. Aber von ziemlich weit weg.

„Na also“, sagte er, „die sind weg.“

„Guck mal!“ Anne zeigte zum Waldrand. „Vielleicht können wir uns da drüben waschen?“

Anne deutete auf einen kleinen Teich. Einige Zebras standen am Ufer und tranken.

„Die Zebras fühlen sich jedenfalls sicher genug, um hier zu trinken ...“, meinte Philipp.

Am Ufer angelangt, stellte Philipp seinen Rucksack ins trockene Gras und schaute sich um. Löwen schien es auch hier nicht zu geben. Aber dann hörte er ein Geräusch.

Auf der anderen Seite des Teiches kam etwas ziemlich Großes zwischen den Bäumen hervor.

Die Elefantendusche

„Psst!“, machte Philipp.

Philipp und Anne standen wie angewurzelt am Ufer, als ein Elefant aus dem Schatten der Bäume trat. Er marschierte zum Wasser und hielt seinen Rüssel hinein.

„Oh toll, ein Elefant“, rief Anne aus.

Philipp atmete erleichtert auf. Ein Elefant war sicher nicht darauf aus, sie zu jagen und zu fressen. Trotzdem, dieses Tier war riesig!

„Komm, wir schleichen uns lieber hier weg“, flüsterte Philipp.

„Aber ich möchte ihn so gerne beobachten“, widersprach Anne.

„Wie du willst“, knurrte Philipp. Er hatte es satt, dass Anne sich ständig ablenken ließ. „Dann löse ich das Rätsel halt alleine. Wir treffen uns später im Baumhaus.“

Als er sich umdrehte und weggehen wollte, wurde er nass gespritzt. Philipp fuhr überrascht herum.

Der Elefant hielt seinen Rüssel genau über Anne.

„Cool“, rief sie, „er duscht mich.“

Der Elefant spritzte immer weiter Wasser auf Anne. Der Schlamm wurde abgespült, und allmählich waren wieder ihre hellen Locken, das T-Shirt, die Shorts, ihre Beine und Turnschuhe zu erkennen.

„Wahrscheinlich mögen Elefanten keine dreckigen Kinder“, meinte Anne lachend und kniff ihre Augen fest zu, damit kein Wasser hineinkam.

Nach einer Weile war sie endlich sauber und tropfnass.

„Jetzt bist du dran!“, rief sie ihrem Bruder zu.

Philipp nahm all seinen Mut zusammen, trat vor und kniff auch die Augen fest zu. Ein Wasserschwall ergoss sich über ihn. Er fühlte sich wie unter der Dusche.

Als Philipp auch sauber war, gab der Elefant ein zufriedenes Grunzen von sich und bespritzte sich selbst mit Wasser.

„Vielen Dank“, sagte Anne.

„Hast du toll gemacht!“, meinte Philipp.

„Ich fühle mich blitzsauber“, jauchzte Anne. „Wenn die Sonne mich getrocknet hat, bin ich wieder wie neu!“

„Super“, sagte Philipp und zog den Rucksack zu sich heran. „Dann können wir jetzt endlich anfangen. Wir müssen das Rätsel nämlich langsam mal lösen, damit wir hier wieder wegkommen ... ehe wir in noch größere Schwierigkeiten geraten“, drängte Philipp.

Er schaute sich nervös um. „Wo sind bloß diese Löwen?“, überlegte er wieder.

Da flog ein kleiner Vogel über ihre Köpfe.

„Hallo“, begrüßte Anne den Vogel.

Philipp drehte sich zu ihr um und sagte: „Im Rätsel heißt es, dass wir nach etwas Goldenem und Süßem suchen müssen.“

„Und was willst du, kleiner Vogel?“, fragte Anne.

Der Vogel flog zwitschernd um Philipp und Anne herum. Sein Gefieder war unauffällig grau, aber dafür war er fröhlich und ausgelassen.

„Anne“, ermahnte Philipp seine Schwester, „jetzt hör doch mal mir zu und nicht diesem Vogel. Ständig lässt du dich ablenken.“

Der Vogel flog weiter um sie herum.

„Aber er will uns doch etwas sagen“, verteidigte sich Anne.

Philipp seufzte tief. „Du bist heute wirklich eine schreckliche Nervensäge!“

„Aber ich weiß genau, dass der Vogel unsere Hilfe braucht“, beharrte Anne. „Vielleicht sind ja seine Jungen aus dem Nest gefallen.“

„Anne“, stöhnte Philipp. „Du kannst doch nicht jedes Tier in Afrika retten.“

„Dieser Vogel ist aber etwas Besonderes“, behauptete Anne. „Glaub mir!“

Der Vogel flog zu den Bäumen und

landete auf einem Zweig. Er nickte ihnen zu.

„Wir sollen ihm folgen“, erklärte Anne.

Der Vogel flog in den Wald hinein, und Anne lief ihm nach.

„Geh nicht in den Wald“, warnte Philipp. „Vielleicht begegnet dir ...“

Doch Anne und der Vogel waren bereits im Dickicht verschwunden.

„... dort ein Löwe oder eine Schlange“, beendete Philipp seinen Satz.

„Komm schon!“, rief Anne aus dem Wald.

Philipp stöhnte. Er setzte seinen Rucksack wieder auf und lief hinter seiner Schwester her.

Auf heißer Spur

Im Wald war es viel kühler als in der Savanne. Hier war es schattig, und man hörte überall Vogelgezwitscher.

„Wo steckst du denn?“, rief Philipp.

„Hier!“, antwortete Anne.

Er fand sie auf einer Lichtung wieder, wo gleißender Sonnenschein durch das dichte Grün der Bäume drang.

Große Blätter und Kletterpflanzen glänzten im hellen Licht und spendeten kühlen Schatten.

Der kleine graue Vogel saß auf einem Ast und zwitscherte zu ihnen herunter.

„Igitt, was ist das denn?“, fragte Anne und zeigte auf ein rundes braunes

Ding, das von einem der unteren Zweige herabhing. Ein Bienenschwarm flog darum herum.

„Sieht fast wie ein Vogelnest aus“, meinte Anne. „Hast du schon mal so ein seltsames Nest gesehen?“

„Das ist doch kein Vogelnest“, widersprach Philipp seiner Schwester, „sondern ein Bienenschwarm. Das sieht man doch schon an den vielen Bienen, die drumherum fliegen.“

„Au weia!“, rief Anne und trat einige Schritte zurück.

Der kleine Vogel schoss plötzlich auf das Bienennest zu und pickte daran herum.

„Was macht er denn jetzt?“, fragte Anne.

Der kleine Vogel pickte immer weiter am Nest.

„Keine Ahnung, was er da macht. Vielleicht ist er ja genauso verrückt wie du“, meinte Philipp.

„Schau doch mal im Buch nach“, schlug Anne vor, „ob da auch etwas über diesen Vogel drinsteht.“

„Du spinnst ja“, sagte Philipp. „So ein verrückter kleiner Vogel steht doch nicht in diesem Buch.“

„Sieh doch einfach mal nach!“

Philipp holte das Buch hervor und blätterte lustlos darin herum. Hatte er doch gleich gewusst, dieser graue Vogel war niemals in diesem Buch.

„Das kannst du vergessen“, sagte er zu Anne.

„Such weiter“, drängte Anne.

Philipp blätterte weiter und fand tatsächlich ein Bild, auf dem der kleine graue Vogel, ein Bienennest und ein großer, bemalter Krieger mit einem Speer zu sehen waren.

„Nicht zu fassen“, sagte Philipp und las vor:

Dieser Vogel heißt Honiganzeiger. Er ist der Freund und Helfer der Massai, eines afrikanischen Eingeborenenstammes, der bekannt ist für seine mutigen und stolzen Krieger.

„Guten Tag, Honiganzeiger“, rief Anne fröhlich, „ich wusste von Anfang an, dass du etwas Besonderes bist.“

Philipp las weiter vor:

Der Honiganzeiger führt die Massai zu den Bienenstöcken. Dann wartet der Vogel, bis die Massai die Bienen verscheucht haben und den Honig herausholen. Anschließend labt sich der Honiganzeiger an der Wabe.

„Das ist ja irre“, staunte Philipp. „Dieser Vogel arbeitet mit Menschen genauso zusammen wie die Zebras, Gnus und Gazellen.“

„Ach so, dann ist ja klar, was der Vogel von uns will“, sagte Anne. „Wir sollen die Bienen verscheuchen und die Wabe aus dem Stock nehmen.“

„Und wie, bitte, willst du das anstellen?“, fragte Philipp. Er schaute im Buch nach. Aber da stand auch nichts weiter drin.

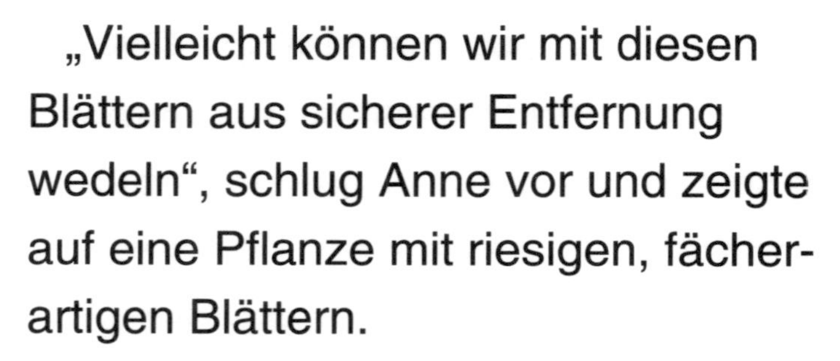

„Vielleicht können wir mit diesen Blättern aus sicherer Entfernung wedeln“, schlug Anne vor und zeigte auf eine Pflanze mit riesigen, fächerartigen Blättern.

Philipp legte das Buch neben seinen Rucksack. Die beiden Geschwister brachen die Blätter der Pflanze ab und wedelten damit vor dem Bienennest herum. Die Bienen flogen nach kurzer Zeit tatsächlich fort.

Danach sprang Philipp zum Ast hoch, ergriff und schüttelte ihn. Das Bienennest fiel herunter und zerbrach. Sie stocherten mit Stöcken im Nest herum, um zu prüfen, ob wirklich alle Bienen fort waren.

Dann steckte Anne sofort ihre Finger in die goldene Wabe.

„Lecker!“, sagte sie, nachdem sie probiert hatte. „Versuch auch mal.“

Auch Philipp steckte seinen Finger in die Wabe und schleckte von dem goldenen Honig – es war der beste, den er je gegessen hatte.

„Jetzt kann der Honiganzeiger seine Wabe haben“, sagte Anne.

„Er muss sich aber beeilen“, meinte Philipp, „ehe die Bienen zurückkommen.“

„Ist das nicht seltsam“, meinte Anne. „Honig schmeckt so süß und köstlich. Aber um an ihn heranzukommen, muss man an einem ganzen Volk von gefährlichen Bienen vorbei.“

„Oh Mann!“, flüsterte Philipp. „Das ist es!“

„Was ist was?“, fragte Anne verwundert.

Philipp wiederholte Morgans Rätsel:

Ich glänze golden und bin so süß,
dass ein jeder mich liebt.
Doch hüte dich vor der Gefahr,
die mich überall umgibt.
Was bin ich?

„Ach, jetzt verstehe ich", flüsterte Anne. „Honig ... die Lösung ist Honig!"

„Honig", wiederholte Philipp lächelnd. „Genau. Jetzt haben wir Morgans Rätsel gelöst und können wieder nach Hause."

Philipp stand auf und wollte losgehen, als er plötzlich erschrak. Vor ihm im Schatten stand ein riesengroßer Mann mit einem Speer. Ein krummes Messer baumelte an einem Gürtel um seine Hüften. Sein Gesicht war mit grellen Farben bemalt.

Philipp wusste sofort, dass vor ihm ein echter Massai-Krieger stand.

„Hallo“, sagte Anne schüchtern.

Picknick mit einem Krieger

Der Massai starrte die beiden Kinder an.

„Wir haben nur eurem Honiganzeiger ein bisschen geholfen“, murmelte Anne.

Der Krieger stand so bewegungslos wie eine Statue da.

„Wir wollten bestimmt nichts stehlen“, verteidigte sich Philipp. „Es gehört alles Ihnen, wir mögen gar nichts mehr.“

„Es ist wirklich noch ganz viel Honig da“, sagte Anne und lächelte schüchtern.

Aber der Krieger verengte seine Augen zu schmalen Schlitzen.

„Ob er wütend auf uns ist?“, dachte Philipp.

„Es tut mir leid, dass wir hier eingedrungen sind“, erklärte Philipp. „Aber wir kommen in Frieden. Wir haben sogar Geschenke dabei.“

Philipp nahm seinen Rucksack ab und hielt ihn dem Krieger hin.

Aber der Massai bewegte sich immer noch nicht.

„Wollen Sie vielleicht dieses Buch?“, fragte Philipp.

Der Krieger blieb weiter stumm.

„Na ja, oder ...“ Philipp wühlte in seinem Rucksack und holte das Glas Erdnussbutter hervor.

„Das ist Erdnussbutter.“ Er zog auch den Brotlaib hervor. „Und das ist Brot“, sagte er. „Möchten Sie vielleicht ein Honigbrot?“

„Das ist ganz lecker", bestätigte Anne und beobachtete den Krieger.

„Wir zeigen es Ihnen", sagte Philipp. Mit zitternden Händen packte er das Brot aus.

Anne öffnete das Erdnussbutterglas.

„Wir haben kein Messer zum Streichen dabei", flüsterte sie.

„Nimm einfach die Finger", schlug Philipp vor.

„Entschuldigen Sie bitte, dass ich die Finger nehme", sagte Anne zum Krieger. „Aber die sind ganz sauber. Ich bin nämlich gerade von einem Elefanten geduscht ..."

„Fang einfach an, Anne", bat Philipp seine Schwester.

„Okay", sagte Anne, „ich mach ja schon."

Sie brach ein Stück Brot ab und

beschmierte es mit Erdnussbutter, Philipp strich unterdessen Honig auf ein weiteres Stück.

Dann drückten sie die Brotscheiben zusammen und hielten sie dem Krieger hin.

„Bitte schön“, sagte Anne höflich.

Der Massai nahm das Brot entgegen, aber er biss nicht davon ab. Er betrachtete es lediglich von allen Seiten.

„Wir machen uns am besten auch Brote“, sagte Philipp, „dann muss er nicht alleine essen.“

Schnell schmierten sie zwei weitere Brote.

„Schauen Sie“, sagte Anne freundlich und biss in ihr Brot. „Hm, lecker!“

Philipp nahm auch einen großen Bissen und murmelte: „Mhm ... köstlich.“

Endlich biss der Krieger auch in sein Brot und kaute vorsichtig.

„Das nennt man Picknick“, erklärte Anne.

Alle drei aßen schweigend ihre Brote auf.

Als sie fertig waren, schraubte Philipp den Deckel wieder auf das Glas mit der Erdnussbutter und fragte: „Schmeckt gut, oder?“

Da lächelte der Massai das erste Mal. Es war ein freundliches, aber würdevolles Lächeln.

Philipp und Anne lächelten erleichtert zurück.

Dann wandte sich der Krieger anmutig um und verschwand wieder im Schatten der Bäume.

„Oh Mann!“, sagte Philipp und wäre dem Krieger am liebsten durch den schattigen Wald gefolgt.

„Können wir?“, fragte Anne vorsichtig.

Philipp nickte.

„Warte mal“, bat Philipp und packte das Brot und die Erdnussbutter wieder ein. „Wir gehen jetzt direkt zurück zum Baumhaus. Wir machen nichts Dummes mehr. Wir retten keine weiteren Tiere und jagen auch keinen Vögeln mehr hinterher, okay?“

„Das waren keine dummen Sachen!“, widersprach Anne. „Vergiss nicht, dass der Vogel uns geholfen hat, das Rätsel zu lösen!“

„Ja, ja, stimmt“, murmelte Philipp.

Er schaute sich nach dem Vogel um. Der Honiganzeiger saß auf dem Boden und pickte an der Wabe.

„Danke“, sagte Philipp zu dem Vogel.

„Guten Appetit noch“, rief Anne ihm zu.

Philipp nahm den Rucksack wieder auf den Rücken, und dann gingen sie los.

Als sie am Teich vorbeikamen, plantschte der Elefant immer noch im Wasser. Er hob seinen Rüssel, und es sah aus, als würde er Philipp und Anne zuwinken.

„Bis bald!“, rief Anne und winkte zurück.

Nach der Flussbiegung gingen sie durch das hohe Gras in Richtung Baumhaus.

In der Ferne weideten die Gnus.

Außerdem entdeckten sie eine grasende Zebrafamilie.

Einige Giraffen schritten gemächlich von Baum zu Baum und fraßen Blätter.

Und schließlich sahen sie sogar eine Löwenfamilie, die im Schatten eines Baumes lag – und zwar genau unter dem Baum, auf dem das Baumhaus gelandet war.

„Oje!“, rief Anne.

Philipps Herz hüpfte vor Aufregung.

„Da sind sie also!“, sagte er.

Auf Zehenspitzen

Philipp und Anne versteckten sich schnell im hohen Gras. Sie sahen einen großen Löwen, drei Löwenweibchen und einige Löwenkinder.

„Ich glaube, sie schlafen“, flüsterte Anne.

„Ja“, sagte Philipp, „fragt sich bloß, wie lange.“

Er holte das Afrika-Buch aus dem Rucksack und fand ein Bild von Löwen, die unter einem Baum schliefen. Flüsternd las er vor:

Nachdem ein Löwenrudel gefressen hat, schläft es einige Stunden.

„Was sie wohl gefressen haben“, fragte Anne.

„Frag lieber nicht“, meinte Philipp und las weiter:

Die anderen Tiere spüren, wenn die Löwen im Augenblick nicht jagen wollen, und grasen dann ganz in ihrer Nähe.

„Das heißt ja, wenn die anderen Tiere in der Nähe grasen können, sind wir auch sicher“, sagte Anne und stand auf.

„Nicht so schnell“, sagte Philipp und zog sie wieder zurück in ihr Versteck.

Er schaute sich um und stellte fest, dass in dem Buch die Wahrheit stand. Überall in der Nähe waren Tiere, die in aller Seelenruhe grasten.

„Kann sein, dass die Tiere sicher vor

ihnen sind“, meinte Philipp. „Bei uns weiß ich das nicht so genau. Wir brauchen einen Plan.“

„Und was hältst du davon, wenn wir einfach warten, bis sie von hier weggehen?“, fragte Anne.

„Nein“, sagte Philipp, „das kann Stunden dauern, und außerdem sind sie dann vielleicht wieder hungrig.“

„Das stimmt“, meinte Anne.

„Ich habe eine bessere Idee“, sagte Philipp. „Wir schleichen uns auf Zehenspitzen an ihnen vorbei.“

„Auf Zehenspitzen?“

„Ja, klar!“

„Und das ist dein ganzer Plan?“, fragte Anne.

„Ja, auf Zehenspitzen zur Strickleiter“, bestätigte Philipp. „Ganz leise.“

„Tolle Idee“, spottete Anne.

„Hast du eine bessere? Nein! Also mach es einfach!“, sagte Philipp. Er stand ganz leise auf. Anne schlich ihm nach.

Ganz langsam und so leise sie konnten, pirschten sie sich durch das hohe Gras.

Einer der Löwen schlug mit dem Schwanz.

Philipp und Anne blieben wie angewurzelt stehen.

Erst als der Schwanz sich nicht mehr bewegte, gingen sie weiter.

Plötzlich hörten sie ein schrilles, höhnisches Lachen.

Die Geschwister blieben erneut stehen.

Die Hyänen waren wieder da. Sie

standen etwas versteckt im hohen Gras und beobachteten die beiden Kinder.

So leise sie konnten, schnitten Philipp und Anne wieder die Monstergesichter und schüttelten ihre Fäuste. Aber diesmal ließen sich die Hyänen nicht so einfach fortjagen. Irgendetwas hatten sie vor.

Der große Löwe bewegte sich schläfrig und öffnete seine goldenen Augen.

Philipp spürte, wie eine Gänsehaut über seinen ganzen Körper lief, aber er bewegte sich keinen Zentimeter.

Der Löwe hob den Kopf und gähnte. Seine riesigen Zähne glänzten im Sonnenlicht.

Er schaute sich noch einmal müde um.

Der Blick des Löwen blieb an Philipp hängen. Die Raubkatze richtete sich auf und sah Philipp mit ihren durchdringenden gelben Augen an.

Philipps Herz klopfte wie verrückt. Dann erinnerte er sich an das, was er gelesen hatte: Löwen meiden die Nähe von Giraffen!

Philipp sah sich um. Eine Giraffe schritt direkt auf den Baum mit dem Baumhaus zu.

„Lauf unter die Giraffe“, flüsterte er Anne zu.

„Jetzt bist *du* wohl völlig verrückt geworden“, sagte Anne leise.

Da nahm Philipp sie einfach bei der Hand und zog sie hinter sich her zur Giraffe – direkt unter den Bauch.

Die Giraffe hatte so lange Beine, dass die Geschwister aufrecht unter ihr stehen konnten. Nur Philipps Haare berührten den goldenen Bauch der Giraffe.

Einen Augenblick blieb das große Tier verwirrt stehen, doch dann ging es langsam in Richtung Baumhaus weiter. Philipp und Anne gingen im gleichen Tempo unter ihm mit.

Sie kamen immer näher an das Baumhaus, damit aber auch immer näher an die Löwenfamilie heran.

Der große Löwe war aufgestanden und beobachtete sie genau.

Als die Strickleiter nur noch wenige Schritte entfernt war, rannten Philipp und Anne blitzschnell darauf zu.

Anne kletterte als Erste hinauf, Philipp folgte ihr in Windeseile.

Während sie kletterten, brüllte der Löwe und sprang an der Leiter hinauf.

Die Hyänen bellten höhnisch.

Noch nie zuvor in seinem Leben war Philipp so schnell auf einen Baum geklettert.

Schließlich zog er sich ins Baumhaus.

Anne hatte schon das Pergament aufgerollt. An der Stelle, wo das Rätsel gestanden hatte, schimmerte jetzt das Wort:

Philipp holte das Pennsylvania-Buch hervor und suchte nach dem Bild von Pepper Hill.

„Ich wünschte, wir wären dort", ratterte er, so schnell er konnte.

In dem Augenblick schaute die Giraffe durchs Fenster, und Anne gab ihr einen dicken Abschiedskuss auf die Nase.

Wind kam auf, und das Baumhaus begann, sich zu drehen.

Es drehte sich schneller und immer schneller.

Dann war alles wieder ganz still.

Totenstill.

Löwenhunger!

Als Philipp seine Augen wieder aufmachte, klopfte sein Herz wild und er glaubte, noch immer das höhnische Lachen der Hyänen zu hören.

„Wir haben es geschafft", sagte Anne.

„Zum Glück", antwortete Philipp, „aber diesmal war es wirklich knapp."

Philipp brauchte noch einen Augenblick, um sich zu beruhigen. Dann holte er das Afrika-Buch aus dem Rucksack und legte es zu den anderen.

Anne nahm das Pergament mit dem gelösten Rätsel und legte es zu den anderen Schriftrollen.

„Die Giraffe war der eigentliche Schatz bei dieser Reise“, lächelte sie. „Süß und freundlich, golden und umgeben von Gefahr!“

„Stimmt“, fand auch Philipp. „Jetzt müssen wir nur noch ein Rätsel lösen.“

„Genau. Ich bin gespannt, wohin wir dann reisen werden!“, sagte Anne. „Wollen wir los?“

„Ja, lass uns gehen!“, sagte Philipp.

Sie kletterten die Strickleiter wieder hinunter. Unten angekommen, gingen sie durch den lichtdurchfluteten Wald.

„Oh, es ist schon Zeit fürs Abendessen“, sagte Philipp.

„Ich bin noch ganz satt von unserem Picknick in Afrika“, meinte Anne.

„Ich auch!“

„Was sagen wir bloß Mama?“, fragte Anne.

„Wir sagen einfach, dass wir auf dem Rückweg vom Einkaufen schon mal ein paar Brote gegessen haben“, schlug Philipp vor.

„Und wenn sie uns fragt, warum?“

„Äh ... dann erzählen wir eben, dass wir ein Picknick mit einem Massai-Krieger in Afrika gemacht haben.“

Anne lachte: „Genau, und dass wir den Massai versöhnen wollten, weil wir Honig von seinen Bienenwaben genommen haben.“

„Richtig“, sagte Philipp. „Den Honig, zu dem uns der Honiganzeiger gebracht hat.“

„Ach, und dann müssen wir auch noch erzählen, dass das erst war, nachdem der Elefant uns geduscht hatte. Und dass wir die Hyänen mit unseren Grimassen vertrieben haben.“

„Ja", ergänzte Philipp, „und alles ist ja erst passiert, *nachdem* du in ein Schlammloch gefallen warst. Weil du den Gnus helfen wolltest, durch den Fluss zu schwimmen."

„Stimmt", erinnerte sich Anne, „und das war alles, ehe uns eine Giraffe vor dem Löwen gerettet hat."

„Genau!", bestätigte Philipp.

Philipp und Anne traten aus dem Wald von Pepper Hill heraus und liefen nun die sonnige Straße entlang.

Eine Weile gingen sie wortlos nebeneinanderher.

Dann rückte Philipp seine Brille zurecht und sagte: „Ich glaube, wir sagen doch lieber, dass wir die Brote auf dem Heimweg vom Einkaufen gegessen haben.“

„Okay“, stimmte Anne zu.

„Aber was ist, wenn Mama fragt, warum?“, fing Philipp wieder an.

„Dann sagen wir, dass das eine ganz lange Geschichte ist“, meinte Anne.

„Na gut“, sagte Philipp. „Eine Geschichte, die so ungefähr zehn Kapitel lang ist.“

Anne lachte. „Gute Idee“, neckte sie ihren Bruder.

„Eine sehr gute Idee sogar!“, sagte Philipp.

Sie gingen über den Hof, die Verandastufen hinauf und durch die Haustür hinein.

„Wir sind wieder da!“, rief Anne.

„Wie schön“, antwortete ihre Mutter. „Gleich gibt es Abendessen. Ihr habt doch sicher einen Löwenhunger!“

Auf den Spuren der Eisbären

Der Bote

Was war denn das?

Philipp machte die Augen auf und starrte erschrocken in die Dunkelheit.

Da hörte er das seltsame Geräusch wieder: „Huhu!“

Philipp setzte sich auf und knipste die Nachttischlampe an. Er tastete nach seiner Brille, griff nach der Taschenlampe auf dem Nachttisch und leuchtete zum Fenster.

Da saß eine schneeweiße Eule auf einem Ast vor dem Fenster.

„Huhu!“, machte die Eule wieder. Mit ihren großen gelben Augen sah sie Philipp direkt an.

„Was will sie bloß?“, dachte Philipp. „Ob sie eine von den geheimnisvollen Boten ist, die uns die letzten Male zum magischen Baumhaus geholt haben?“

„Huhu!“, die Eule gab keine Ruhe.

„Warte mal bitte einen Augenblick“, sagte Philipp zu der Eule. „Ich hole Anne.“

Anne, Philipps Schwester, konnte meistens verstehen, was Tiere sagen wollten.

Philipp sprang aus dem Bett und rannte in Annes Zimmer. Sie schlief tief und fest.

Philipp schüttelte sie, und Anne drehte sich um.

„Was ist los?“, fragte sie.

„Komm mit in mein Zimmer!“, flüsterte Philipp. „Ich glaube, Morgan, die Fee, hat wieder einen Boten zu uns geschickt.“

Augenblicklich sprang Anne aus dem Bett und rannte in Philipps Zimmer.

Philipp zeigte zum Fenster. Die schneeweiße Eule saß noch immer dort.

„Huhu!“, machte sie wieder. Dann breitete die Eule ihre weißen Schwingen aus und flog in die dunkle Nacht.

„Was wollte sie?“, fragte Philipp.

„Sie möchte, dass wir in den Wald kommen“, sagte Anne.

„Das habe ich mir gedacht“, sagte Philipp. „Na gut, wir ziehen uns jetzt an und treffen uns dann unten.“

„Nein, dazu haben wir keine Zeit

mehr!“, widersprach Anne. „Wir müssen im Schlafanzug gehen.“

„Ich muss mir aber auf jeden Fall Turnschuhe anziehen“, beharrte Philipp.

„Meinetwegen. Dann ziehe ich meine aber auch an. Wir treffen uns gleich unten“, gab Anne nach.

Philipp zog seine Turnschuhe an, warf sein Notizbuch und einen Stift in seinen Rucksack, schnappte sich noch die Taschenlampe und schlich auf Zehenspitzen nach unten.

Anne wartete schon an der Haustür. Leise huschten sie nach draußen.

Die Nachtluft war warm. Nachtfalter tanzten um das Verandalicht.

„Im Schlafanzug fühle ich mich so komisch“, sagte Philipp. „Ich gehe zurück und ziehe mir richtige Kleider an.“

„Vergiss es“, widersprach Anne. „Die Eule wollte, dass wir ihr *sofort* folgen.“

Schon sprang sie von der Terrasse und lief über den dunklen Hof.

Philipp stöhnte. „Woher weiß Anne eigentlich so genau, was die Eule will?“, dachte er.

Trotzdem wollte er nicht zurückbleiben und lief ihr hinterher.

Der Mond leuchtete ihnen, während sie die Straße entlangliefen. Als sie den Wald von Pepper Hill betraten, knipste Philipp seine kleine Taschenlampe an.

Im Lichtstrahl warfen die schaukelnden Äste lange Schatten.

Philipp und Anne rannten jetzt zwischen den Bäumen hindurch. Sie blieben dicht beieinander.

„Huhu!"

Philipp sprang erschrocken zur Seite.

„Es ist nur die weiße Eule", sagte Anne. „Sie muss irgendwo in der Nähe sein."

„Hier im Wald ist es ganz schön unheimlich!", fand Philipp.

„Ja", stimmte Anne ihm zu, „so im Dunkeln sieht der Wald gar nicht mehr wie unser Wald aus!"

Plötzlich tauchte die Eule direkt neben ihnen auf.

„Huch!", rief Anne.

Philipp leuchtete mit seiner Taschenlampe auf den weißen Vogel, der hoch

in den Himmel flog. Die Eule ließ sich auf einem Ast nieder – direkt neben dem Baumhaus.

Und da war auch schon die Fee Morgan, die Zauberin und Bibliothekarin. Ihr langes weißes Haar glänzte im Licht von Philipps Taschenlampe.

„Hallo!“, rief Morgan leise. „Kommt doch rauf!“

Im Lichtkegel der Taschenlampe entdeckten sie die Strickleiter. Dann kletterten Philipp und Anne nach oben ins Baumhaus.

Die Fee hielt drei Schriftrollen in der Hand. Auf jeder stand die Antwort zu einem Rätsel, das Anne und Philipp schon gelöst hatten.

„Ihr seid in den Ozean getaucht, in den Wilden Westen und nach Afrika gereist, um diese drei Rätsel zu lösen“, sagte Morgan. „Seid ihr bereit für ein weiteres Abenteuer?“

„Klar!“, riefen Anne und Philipp wie aus einem Mund.

Morgan zog eine vierte Schriftrolle aus den Falten ihres Gewandes und reichte sie Anne.

„Sind wir dann Meister-Bibliothekare, wenn wir dieses Rätsel gelöst haben?“, fragte Anne.

„Können wir danach auch durch Zeit und Raum reisen und Ihnen helfen, Bücher zu sammeln?“

„Fast ...“, erwiderte Morgan.

Doch ehe Philipp fragen konnte, was sie damit meinte, zog Morgan ein Buch hervor und reichte es Philipp.

„Für deine Nachforschungen!“, sagte sie lächelnd.

Philipp und Anne lasen den Titel gemeinsam. Er lautete: *Abenteuer in der Arktis*.

„Oh, super! In die Arktis!“, rief Anne.

„Die Arktis?“, fragte Philipp. „Ist das Ihr Ernst?“

„Durchaus!“, bestätigte Morgan. „Aber ihr müsst euch beeilen!“

„Ich wünschte, wir könnten dorthin reisen“, sagte Anne und deutete auf den Buchumschlag.

„Stopp! Warte mal! Weißt du denn nicht, wie kalt es dort ist? Wir werden erfrieren!“, rief Philipp.

„Ihr müsst keine Angst haben“, beruhigte ihn Morgan. „Ich werde jemanden dorthin schicken, der euch beide erwartet.“

Der Wind fing an zu wehen.

„Jemand, der uns trifft? Wo?“, fragte Philipp.

„Huhu!“, machte die weiße Eule.

Doch ehe Morgan antworten konnte, fing das Baumhaus an, sich zu drehen.

Es drehte sich schneller und immer schneller.

Dann war alles wieder still. Totenstill.

Dunkle Schatten

Die Luft klirrte vor Kälte.

Philipp und Anne zitterten. Sie blickten aus dem Fenster auf den bleigrauen Himmel.

Das Baumhaus war auf dem Boden gelandet. Es gab keine Häuser und keine Bäume – nur endlose Flächen voller Eis und Schnee. Morgan und die Eule waren nirgends mehr zu sehen. Sie hatten sich in Luft aufgelöst.

„Lies doch mal das Rätsel vor“, bat Anne mit klappernden Zähnen.

„Gute Idee“, meinte Philipp. Er rollte das Papier vorsichtig auseinander und las vor:

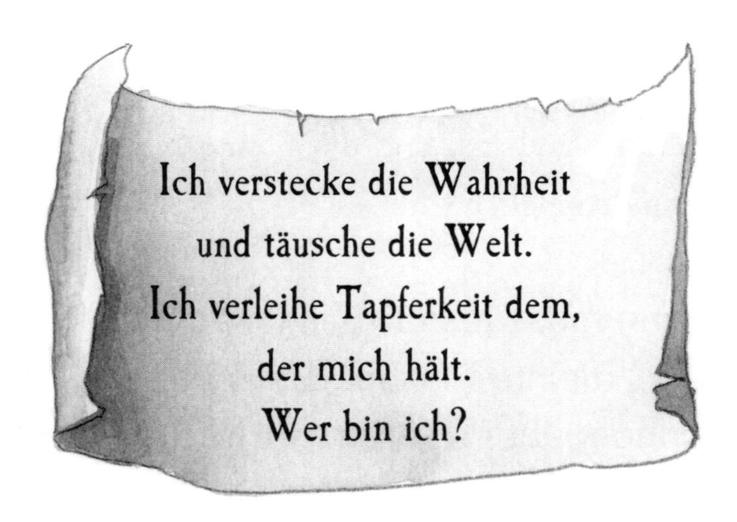

„Das schreibe ich mir lieber auf!“, sagte Philipp zitternd.

Er zog sein Notizbuch hervor und schrieb das Rätsel ab. Dann schlug er das Buch auf. Dort fand er ein Bild von einer trostlosen weißen Fläche und las vor:

Die arktische Tundra ist eine baumlose Ebene. Während des dunklen Winters ist sie von Schnee und Eis bedeckt. Zum Frühlingsanfang schneit es zwar noch, aber der Himmel wird wieder heller. Erst im Sommer schmelzen Schnee und Eis, und die Sonne scheint 24 Stunden täglich.

„Dann muss jetzt Frühlingsanfang sein“, meinte Philipp. „Es liegt zwar Schnee, aber der Himmel ist trotzdem ein wenig hell.“

Er blätterte um. Auf dem nächsten Bild war ein Mann abgebildet, der einen mit Fell besetzten Kapuzenmantel anhatte.

„Sieh dir den an.“ Philipp zeigte Anne das Bild.

„Wir brauchen auch so einen Mantel, damit wir nicht länger frieren müssen“, sagte sie.

„Ja, unbedingt“, sagte Philipp besorgt und fror gleich ein bisschen mehr.

„Hier, hör mal ...“, er las laut vor:

Die Kleidung der Robbenjäger besteht aus Robbenfell. Der Mantel hält den eisigen Wind ab. In früheren Zeiten lebten die Eingeborenen der Arktis, die Inuit, von der Jagd auf Robben, Karibus, Eisbären und Wale.

Philipp zog sein Notizbuch hervor und schrieb auf:

Die Arktis:
Robbenjäger tragen Kleidung aus Robbenfell

Dann wurde ihm so kalt, dass er nicht mehr weiterschreiben konnte.

Er hielt sich den Rucksack vor die Brust, hauchte auf seine kalten Finger und wünschte sich zurück nach Hause in sein warmes Bett.

„Morgan hat doch gesagt, dass sie

jemanden herschickt, der uns hier erwartet“, meinte Anne.

„Wenn nicht bald einer kommt, werden wir hier wirklich noch erfrieren!“, jammerte Philipp. „Es wird immer dunkler und kälter.“

Anne unterbrach ihn: „Psst, hör doch mal!“

Aus der Ferne vernahmen sie ein Heulen ... es wurde stärker ... und noch stärker.

„Was ist das?“, fragte Philipp.

Die Geschwister sahen aus dem Fenster. Es schneite, und man konnte nicht viel erkennen.

Das Heulen wurde lauter. Jetzt vernahmen sie Kläffen und Bellen, und Philipp und Anne erkannten dunkle Schatten. Sie kamen direkt auf das Baumhaus zu.

„Sind das Wölfe?“, fragte Anne.

„Klasse“, sagte Philipp. „Das fehlt uns gerade noch! Wir erfrieren hier, und jetzt bekommen wir es auch noch mit einem Rudel Wölfe zu tun!“

Philipp zog Anne in eine Ecke des Baumhauses, wo sie sich eng aneinanderschmiegten.

Das Heulen wurde immer lauter. Es hörte sich an, als ob die Wölfe das Baumhaus eingekreist hätten. Sie heulten und kläfften.

Da hielt es Philipp nicht länger aus. Er griff verzweifelt nach dem Arktis-Buch.

„Vielleicht steht da ja etwas drin, was uns weiterhelfen könnte“, sagte er.

Er suchte nach einem Bild von Wölfen.

„Oh ... ich!“, stammelte Anne.

Philipp blickte auf und hielt den Atem an.

Ein Mann sah durch das Fenster ins Baumhaus. Sein Gesicht war von einer Fellkapuze eingerahmt.

Es war der Robbenjäger aus dem Arktis-Buch.

Schneegestöber

„Sind Sie etwa mit den Wölfen hergekommen?", fragte Anne ungläubig.

Der Robbenjäger sah sie überrascht an.

„Hat Morgan Sie zu uns geschickt?", fragte Philipp.

„Ich hatte diesen Traum ...", erzählte der Mann, „ihr seid auch drin vorgekommen und brauchtet meine Hilfe."

Anne lächelte.

„Manchmal schickt Morgan auch Träume", meinte sie. „Wir sind mit ihrem Baumhaus gekommen, das durch Raum und Zeit fliegt."

„Oh Mann!“, dachte Philipp. „Das glaubt ihr doch niemand!“

Der Robbenjäger aber lächelte, als ob er nicht im Geringsten überrascht wäre.

„Wir brauchen wirklich Hilfe“, sagte Philipp. „W-w-wir frie-hie-ren!“

Der Robbenjäger nickte, verschwand vom Fenster und kam einen Augenblick später mit zwei Jacken wieder, die aussahen wie seine eigene. Sie waren aus schwerem, dunklem Leder gemacht und hatten pelzbesetzte Kapuzen.

Eine reichte er Philipp und eine Anne.

„Danke!“, sagten die beiden und zogen die Jacken über.

„Juhu! Mir ist wieder warm!“, rief Anne glücklich.

„Ja“, sagte Philipp. „Ist ja auch kein Wunder, sie sind aus Robbenfell.“

„Die armen Robben!“, sagte Anne.

„Denk einfach nicht dran“, riet Philipp, während er seine Kapuze aufsetzte. Sein Kopf und der Oberkörper waren nun schön warm. Rundherum gut eingepackt fror er jetzt nur noch an den Beinen und Füßen.

„Oh, vielen Dank!“, sagte Anne.

Der Robbenjäger gab erst Anne ein Paar Pelzhosen und dann Philipp.

„Danke!“, sagte auch Philipp und zog die Hose rasch über seinen Schlafanzug. Als Nächstes reichte der Robbenjäger ihnen jeweils ein Paar Schuhe und ein Paar Handschuhe.

Philipp zog die Stiefel an. Er schob seine kalten Finger in die warmen Handschuhe.

„Ich habe eine Frage“, sagte Philipp zu dem Robbenjäger. „Kennen Sie vielleicht die Antwort zu diesem Rätsel?“

Er schlug sein Notizbuch auf und las vor:

Ich verstecke die Wahrheit
und täusche die Welt.
Ich verleihe Tapferkeit dem,
der mich hält.
Wer bin ich?

Der Robbenjäger schüttelte den Kopf.

„Kommt mit“, sagte er zu Philipp und Anne. Dann verschwand er vom Fenster.

„Und was ist mit den Wölfen?“, rief Philipp.

Aber der Robbenjäger antwortete nicht.

Philipp holte das Arktis-Buch wieder hervor und suchte nach einem Bild von einem Robbenjäger.

Als er eins gefunden hatte, lächelte Philipp.

Er las:

Bei kaltem Wetter fährt der Robbenjäger mit dem Hundeschlitten. Die Schlittenhunde heißen Sibirische Huskys und heulen oft wie Wölfe. Das Rudel wird von einem Leithund angeführt. Die Kufen des Schlittens werden manchmal aus gefrorenem Fisch, der in Robbenfell eingerollt ist, hergestellt.

„Hey, Anne! Das sind ja gar keine Wölfe!", rief er. „Es sind ..." Er schaute sich um. Anne war verschwunden.

Philipp steckte das Buch in seinen Rucksack. Aber durch seine Fellkleider war er jetzt so dick, dass ihm der Rucksack nicht mehr passte. Erst nachdem Philipp die Tragegurte länger gemacht hatte, ging es.

Philipp betrachtete das winzige Fenster. Das war jetzt bestimmt auch zu klein für ihn. Er versuchte, kopfüber hindurchzuschlüpfen, und passte gerade so durch.

Philipp fiel in den Schnee. Es schneite immer noch, und die Luft war von den vielen Flocken ganz weiß. Vorsichtig ging Philipp auf die Hunde zu.

Als er näher kam, zählte er neun Sibirische Huskys. Sie hatten dickes Fell, große Köpfe und spitze Ohren.

Der Leithund bellte ihn laut an.

Philipp blieb stehen.

„Er sagt, du sollst endlich aufsteigen", rief Anne. Sie stand hinten auf dem Schlitten, und der Robbenjäger wartete neben ihr im Schnee.

Philipp sprang zu Anne auf den Schlitten.

Der Robbenjäger knallte mit einer langen Peitsche und rief: „Hoh, hoh!“

Im wilden Schneegestöber liefen die Huskys los.

Über ihnen flog die schneeweiße Eule.

Der Geist der Tiere

Der Hundeschlitten glitt über die vereiste Tundra, und der Robbenjäger rannte nebenher. Gelegentlich knallte er mit seiner Peitsche.

Als die Sonne hinter den verschneiten Hügeln unterging, sahen die Schneeverwehungen aus wie riesige weiße Skulpturen. Dann ging ein runder orangeroter Mond am Himmel auf.

Das Mondlicht schien auf einen kleinen, runden Iglu direkt vor ihnen. Die Hunde wurden langsamer und blieben schließlich stehen.

Philipp stieg vom Schlitten. Und während Anne dabei half, die Hunde loszumachen, nahm er sein Arktis-Buch aus dem Rucksack und las über Iglus nach:

Das Wort „Iglu“ bedeutet „Haus“ in der Sprache der Arktisbewohner. Dieses Haus wird aus Schneeblöcken gebaut. Vor allem trockener Schnee ist ideales Baumaterial, weil er gut isoliert. Die Temperatur in einem Iglu kann bis zu 20 Grad wärmer sein als draußen.

Philipp holte sein Notizbuch hervor, streifte seinen Handschuh ab und schrieb:

Iglu heißt Haus

„Komm, Philipp!“, drängelte Anne.

Sie und der Robbenjäger warteten vor dem Iglu auf ihn. Die Hunde saßen im Schnee.

Philipp lief zu ihnen hinüber.

Der Jäger kroch auf allen vieren durch den niedrigen Eingang.

Philipp und Anne folgten ihm.

Eine Kerze brannte hell, und an den Schneewänden tanzten die Schatten.

Philipp und Anne setzten sich auf Felle, die ausgelegt waren, und beobachteten den Robbenjäger.

Zuerst machte er Feuer in einem kleinen Herd. Dann ging er nach draußen und kam mit einem Schneeball und einem gefrorenen Stück Fleisch wieder herein.

Den Schneeball legte er in einen Topf auf dem Herd und fügte dann das Fleisch hinzu.

„Meinst du, er kocht das für uns?“, fragte Anne.

„Ich weiß nicht so genau. Lass uns mal im Buch nachsehen“, antwortete Philipp. Er zog das Buch hervor und fand ein Bild, auf dem ein Jäger abgebildet war, der kochte. Die beiden Kinder lasen schweigend:

Es gab eine Zeit, in der fast alles, was die Arktisbewohner benötigten, von den Tieren der Arktis kam, vor allem von Robben. Fast die gesamte Robbe konnte verarbeitet werden. Ihr Fett lieferte Lampenöl. Selbst die Kleidung wurde aus Robbenfellen hergestellt sowie Messer und Nadeln aus den Knochen der Robben.

„Ich glaube, er kocht Robbenfleisch“, vermutete Philipp.

„Die armen Robben!“, sagte Anne.

Der Robbenjäger schaute zu ihnen herüber.

„Du musst sie nicht bedauern“, widersprach er. „Denn ohne die Robben müssten wir sterben. Sie helfen uns zu überleben.“

„Oh“, sagte Anne.

„Und wir danken ihnen für diese Hilfe, indem wir den Geist der Tiere verehren“, erklärte er.

„Wie denn?“, fragte Philipp.

„Wir haben da besondere Zeremonien“, erzählte der Robbenjäger.

Er lächelte Anne zu und zog zwei hölzerne Masken hervor.

„Bald wird eine Zeremonie zu Ehren

des Geistes der Eisbären stattfinden“, sagte er. „Diese Masken habe ich dafür geschnitzt.“

„Eisbären?“, wiederholte Anne.

„Ja“, erwiderte der Jäger. „Ebenso wie die Robbe schenkt uns auch der Eisbär vieles.“

„Was denn?“, fragte Philipp interessiert.

„Vor langer, langer Zeit haben die Eisbären uns beigebracht, in Schnee und Eis zu überleben“, erklärte der Robbenjäger.

„Die Eisbären?“, wiederholte Philipp ungläubig. „Das kann ich mir gar nicht vorstellen.“

Der Robbenjäger lächelte.

„Ich erklär’s dir“, sagte er. „Eisbären erlegen eine Robbe in dem Moment, in dem sie durch ein Loch im Eis auftaucht, um Atem zu schöpfen. Die ersten Robbenjäger beobachteten die Eisbären und lernten von ihnen. Ebenso habe ich von meinem Vater gelernt, Robben zu jagen. Und er hat es wiederum von seinem Vater gelernt.“

„Echt?“, sagte Philipp erstaunt.

„Auch das Bauen von Iglus hat mein Volk sich von den Eisbären abgeschaut“, erzählte der Robbenjäger.

„Eisbären bauen nämlich auch Schneehäuser, indem sie sich in Schneeverwehungen eingraben."

„Das klingt einleuchtend", sagte Philipp.

„Und manchmal können Eisbären Menschen sogar das Fliegen beibringen", schloss der Robbenjäger.

Philipp lächelte. „Was Sie vorhin erzählt haben, glaube ich", sagte er. „Aber das ist doch jetzt geschwindelt!"

Statt zu antworten, lachte der

Robbenjäger einfach nur und wandte sich wieder seinem Topf zu.

„Deshalb hat er sich auch nicht über das Baumhaus gewundert“, dachte Philipp. „Einer, der sogar glaubt, dass Eisbären fliegen können, dem kann man einfach alles erzählen.“

Der Robbenjäger nahm das gekochte Robbenfleisch aus dem Topf und ließ es in einen hölzernen Eimer fallen, den er Anne reichte.

„Komm, wir füttern die Hunde“, sagte er.

„Super!“, rief Anne und folgte dem Robbenjäger mit dem Eimer nach draußen. Schnell warf Philipp das Arktis-Buch und sein Notizbuch zurück in den Rucksack und wollte ihnen hinterherlaufen. Da fiel sein Blick auf die beiden Bärenmasken.

Er hob sie auf, um sie genauer zu betrachten.

Die Masken hatten die Form eines Eisbärenkopfes mit einer stumpfen Schnauze und runden Ohren. Es gab zwei Löcher für die Augen und ein Band, mit dem man sie am Kopf befestigen konnte.

Plötzlich wurde es draußen laut, die Hunde bellten und knurrten. Anne schrie auf.

„Die Hunde greifen Anne an!“, dachte Philipp.

„Anne!“

Mit den Masken in der Hand rannte Philipp aus dem Iglu.

SOS

Aber die Hunde bellten nicht Anne, sondern zwei kleine Gestalten an, die im Mondlicht miteinander spielten.

„Eisbärenkinder!“, rief Anne entzückt.

Einer der beiden kleinen Eisbären hüpfte auf den anderen drauf, und dann kugelten sie sich durch den Schnee.

„Hallo, kleine Bären!“, rief Anne.

Die beiden Bärenjungen sprangen auf und schüttelten sich den Schnee aus dem Fell wie nasse Hundewelpen.

Dann tollten sie auf Anne zu, die ihnen entgegenlief.

„Wie süß ...“, rief sie.

„Warte!“, rief Philipp. „Wo ist die Bärenmutter?“

Er schaute sich um, aber sie war nirgendwo zu sehen. „Vielleicht sind es ja Waisen?“, überlegte er.

Philipp schaute sich nach Anne um. Sie balgte sich mit den beiden Bärenkindern im Schnee und lachte so sehr, dass sie kaum noch Luft bekam.

Philipp fing auch an zu lachen. Vorsichtig steckte er die Bärenmasken in seinen Rucksack, dann lief er zu Anne rüber.

Sie tobte jetzt mit den Bärenkindern über die verschneite Tundra und spielte Fangen.

Philipp, Anne und die beiden Bärenjungen jagten einander über den vom

Mond beschienenen Schnee. Die Geschwister schlugen Purzelbäume und hüpften wild umher. Das ging eine ganze Weile so.

Sie rannten so weit, dass sie an das gefrorene Meer kamen.

Philipp sah sich um.

„Wir sind ziemlich weit weg vom Iglu. Ich kann die Huskys schon gar nicht mehr hören!", sagte er. „Ich glaube, wir sollten zurückgehen."

„Gleich“, sagte Anne. „Sieh doch nur, das will ich auch machen!“

Gerade rutschten die Bärenjungen einen Hügel hinunter. Sie lagen auf dem Rücken und schlitterten auf das zugefrorene Meer.

Philipp und Anne lachten.

„Das ist wie Schlittenfahren!“, rief Anne. „Lass es uns bitte auch mal ausprobieren!“

„Okay!“, willigte Philipp ein. „Aber dann kehren wir um!“

Die beiden stiegen den Hügel hoch. Philipp packte seinen Rucksack mit beiden Armen. Anne legte sich auf den Rücken und juchzte, als sie nach unten rutschte. Philipp rodelte hinterher.

„Pass auf!“, rief er.

Die beiden kleinen Bären saßen am Fuß des Hügels. Der eine patschte Philipp mit seiner pelzigen Pranke vorsichtig ins Gesicht. Dann legte er sich hin.

„Ja, ich bin auch müde“, sagte Anne.

„Und ich vielleicht“, meinte Philipp. „Lass uns erst mal einen Moment ausruhen.“

Philipp und Anne legten sich neben die Bärenkinder und betrachteten den orangefarbenen Mond. Alles, was sie hörten, war das gleichmäßige Atmen der beiden kleinen Bären.

„Das hat jetzt aber Spaß gemacht!“, flüsterte Anne.

„Ja!“, sagte Philipp. „Trotzdem sollten wir jetzt besser zum Iglu zurückgehen. Der Robbenjäger sucht uns sicher schon. Außerdem müssen wir noch das Rätsel lösen.“

Philipp rollte sich auf die Seite und wollte gerade aufstehen.

Kracks!

„Oje!“

Er sank langsam zurück auf die Knie. „Ich fürchte, wir sind hier auf sehr dünnem Eis!“

„Wie meinst du das?“, fragte Anne und versuchte auch aufzustehen.

Kracks, machte es wieder.

„Hilfe“, rief Anne und legte sich vorsichtig wieder hin.

Die Eisbärenkinder rückten näher an

Philipp und Anne heran und gaben klagende Laute von sich.

Philipp hätte am liebsten auch geweint, aber stattdessen atmete er tief durch und schlug vor: „Ich sehe mal in unserem Buch nach, da muss doch was Nützliches drinstehen."

Er fasste in seinen Rucksack, holte zuerst die Masken heraus und gab sie Anne.

„Ich habe sie aus dem Iglu mitgenommen", erklärte er.

Bevor Philipp das Arktis-Buch herausholen konnte, hörten sie ein ohrenbetäubendes Knacken: *Kracks!*

„Wir bewegen uns jetzt nicht einmal mehr, und das Eis kracht immer noch!", jammerte Anne.

In dem Augenblick hörten sie ein neues Geräusch, eine Art tiefes

Schnauben. Es kam von dem Schneehügel, der ungefähr 15 Meter weiter vor ihnen lag.

Philipp schaute auf – und erblickte einen riesigen Eisbären.

„Die Eisbärenmutter!“, flüsterte Anne.

Gefangen auf dem Eis

Die Bärenkinder wimmerten lauter.

„Sie wollen zu ihr, fürchten sich aber vor dem Eis“, flüsterte Philipp.

Anne tätschelte die Bärenjungen, um sie zu beruhigen.

„Keine Angst“, sagte sie zu ihnen, „ihr kommt ganz sicher zurück zu eurer Mama!“

Der große Eisbär brummte, lief unruhig auf und ab und schnüffelte.

Anne streichelte weiter die beiden Bärenkinder und flüsterte beruhigend auf sie ein.

Philipp blätterte währenddessen in

dem Buch und hoffte, eine Information zu finden, wie sie sich aus der gefährlichen Situation retten könnten. Schließlich hatte er etwas gefunden:

Obwohl ein Eisbärenweibchen bis zu 340 Kilo wiegen kann, ist es in der Lage, sich auf sehr dünnem Eis zu bewegen, das noch nicht einmal einen Menschen tragen kann. Dazu verteilt es sein Gewicht und gleitet auf seinen Pfoten über das Eis.

„Oh Mann“, flüsterte Philipp, „das ist ja unglaublich!“

Er beobachtete, wie die Eisbärenmutter den Hügel herunterrannte.

Auf ihren mächtigen Pfoten schlich sie lautlos bis an den Rand des zugefrorenen Meeres.

Sie versuchte, einen Schritt auf das

Eis zu machen, aber jedes Mal krachte es laut, und sie musste sich wieder zurückziehen. Schließlich fand sie doch noch eine feste Stelle.

Die Bärin legte sich flach auf das Eis und bewegte sich langsam vorwärts, wobei sie sich mit ihren Krallen abstützte.

„Ob sie nur ihre Kinder holen will, oder hat sie es etwa auf uns abgesehen?“, fragte Philipp ängstlich.

„Ich weiß es nicht!“, sagte Anne. „Hey, wir könnten doch die Masken aufsetzen!“, fiel ihr ein.

„Wozu?“, fragte Philipp.

„Vielleicht beschützen die Masken uns ja“, hoffte Anne. „Vielleicht denkt die Bärenmutter dann, dass wir auch Eisbären sind?“

„Ob das klappt?“, zweifelte Philipp.

Aber Anne reichte ihm ungerührt eine der Masken. Er nahm seine Brille ab und setzte sie auf.

Philipp spähte durch die Augenlöcher. Die große weiße Bärin, die über das Eis glitt, war im Schnee kaum zu erkennen. Er blinzelte, um sie besser zu sehen.

Die Eisbärin sah nur ihre Kinder an und stieß Klagelaute aus.

Die beiden kleinen Bären liefen vorsichtig zu ihrer Mutter. Zufrieden leckte sie ihren Kindern übers Fell und stupste sie mit der Nase. Die Kleinen krabbelten auf ihren Rücken.

Die Bärenmutter drehte sich langsam um, dann schob sie sich mit ihren Hinterbeinen vorwärts. Mit den Bärenkindern auf dem Rücken glitt sie davon.

„Jetzt sind sie in Sicherheit!“, rief Philipp. „Auch wenn die Mutter ins Eis einbricht, kann sie mit ihnen zum Ufer schwimmen.“

„Ja, wenn sie uns doch auch mitgenommen hätte!“, sagte Anne traurig. „Wir könnten doch versuchen, uns genauso vorwärts zu bewegen wie sie!“, schlug sie vor.

„Und wenn wir einbrechen?“, fragte Philipp. „Dann erfrieren wir.“

„Wenn wir hierbleiben, werden wir auch erfrieren“, erwiderte Anne. „Denk daran, was der Robbenjäger von seinem Volk alles erzählt hat. Sie haben viel von den Eisbären gelernt.“

Philipp gab sich geschlagen.

„Na gut!“, sagte er. „Wir können es ja mal versuchen.“

Er legte sich auf den Bauch, spreizte seine Arme und Beine und imitierte die Eisbärin. Er presste seine Handschuhe in den Schnee und schob sich vorwärts.

Das Eis krachte nicht.

„Grrrr!“, brummte er. Dann robbte er weiter.

Anne glitt hinter ihm über das Eis. Die Geschwister schoben und rutschten.

Nach einiger Zeit passierte etwas Seltsames: Philipp fühlte sich auf einmal nicht mehr wie ein Junge, sondern wie ein Eisbär ... wie ein *fliegender* Eisbär sogar!

Philipp glitt dahin, als ob seine Arme und Beine riesige Flügel wären und das mondbeschienene Eis ein gläserner Himmel.

Er erinnerte sich, was der Robbenjäger gesagt hatte: „Eisbären können fliegen.“

Tanz der Polarlichter

„Philipp, du kannst jetzt wieder aufstehen!“, rief Anne.

Philipp öffnete die Augen. Anne stand vor ihm. Sie hatte immer noch die Maske auf.

„Wir sind wieder am festen Ufer!“, sagte sie.

Philipp hatte das Gefühl, als ob er geträumt hätte. Er sah sich um. Tatsächlich, sie waren wieder in der verschneiten Tundra, am Rande des zugefrorenen Meeres.

Die Bärenkinder tollten in der Ferne herum, aber ihre Mutter saß ganz in der Nähe und sah unverwandt zu Anne und Philipp.

„Ich glaube, sie wird uns nichts tun. Sie hat bestimmt nur gewartet, bis wir auch in Sicherheit waren“, vermutete Anne. Philipp betrachtete den riesigen Eisbären voller Ehrfurcht. Er erinnerte sich wieder an die Worte des Robbenjägers: „Vergiss nicht, den Seelen der Tiere zu danken!“

„Wir sollten jetzt dem Geist des Eisbären danken!“, sagte Philipp und stand auf. Er trug immer noch seine Bärenmaske, als er sich in die Richtung der Eisbärin stellte, die Hände aneinanderlegte und sich vor ihr verneigte.

„Wir danken dir!“, sagte Philipp.

„Ja, das vergessen wir dir nie!“, meinte auch Anne.

„Genau, nicht mal in tausend Lichtjahren“, fuhr Philipp fort.

„Ach, das reicht gar nicht, wir denken auch noch in einer Million Lichtjahre an dich!“, verbesserte Anne.

Dann breitete sie ihre Arme aus und wirbelte im Kreis. Philipp tat das Gleiche. Sie tanzten beide zu Ehren des Eisbären durch den Schnee. Schließlich blieben sie wieder stehen und verbeugten sich ein letztes Mal.

Als sie aufblickten, hatte sich die Bärin auf die Hinterbeine erhoben. Sie war mindestens zweimal so groß wie Philipp. Dann senkte sie ihren massigen Kopf und verbeugte sich in die Richtung der Kinder.

In diesem Augenblick explodierte der Himmel. Das nächtliche dunkle Blau verwandelte sich in einen Wirbel aus roten, grünen und gelben Lichtern. Es sah fast aus, als käme ein Geist aus einer Flasche.

Dieser Anblick nahm Philipp fast den Atem. Voller Begeisterung beobachtete er, wie die flackernden Lichter die Tundra erhellten.

„Ist das der Geist der Eisbären?“, fragte Anne leise.

So weit Philipp sehen konnte, leuchteten Himmel und Schnee in der Tundra. Selbst das Fell der Bärin schimmerte in dem bunten Licht.

„Nein, das ist kein Geist“, widersprach Philipp. „Dafür muss es eine wissenschaftliche Erklärung geben. Ich schau mal nach.“

Er kramte in seinem Rucksack und zog das Arktis-Buch hervor. Dann nahm er die Bärenmaske ab und setzte seine Brille wieder auf.

Im grünlichen Licht fand Philipp ein Bild von den Himmelslichtern. Aber auf dem Bild sah dieses Spektakel nicht annähernd so beeindruckend aus!

Er las vor:

Eins der erstaunlichsten Phänomene in der Arktis ist das Polarlicht. Dieser Lichterwirbel wird ausgelöst, indem kleine Teilchen in der Hochatmosphäre der Erde von besonderer Sonnenstrahlung zum Leuchten angeregt werden. Die Polarlichter entstehen in ungefähr 100 bis 1 000 Kilometern Höhe.

„Ich wusste doch, dass es eine wissenschaftliche Erklärung gibt", sagte Philipp. „Es sind keine Geister."

Und ganz plötzlich waren die tanzenden Lichter wieder verschwunden – als hätte jemand eine Kerze gelöscht.

Der Zauber war vorbei.

Aus heiterem Himmel

Jetzt schien nur noch der Mond auf den Schnee.

Philipp sah sich nach der Eisbärin um.

Sie war nicht mehr da.

„Wo ist sie hin?“, fragte Anne.

„Ich weiß es nicht“, antwortete Philipp.

Er suchte mit den Augen die Tundra ab, konnte die Bärenmutter und ihre Jungen aber nirgendwo entdecken.

„Wahrscheinlich interessiert sie sich einfach nicht für wissenschaftliche Erklärungen“, vermutete Philipp.

Anne seufzte. Dann setzte auch sie ihre Bärenmaske wieder ab und reichte sie Philipp.

Er verstaute die beiden Masken in seinem Rucksack.

„Und jetzt?“, fragte Anne.

Sie blickten noch mal zurück. Das unendliche Schneefeld verlor sich in der Dunkelheit. Philipp hatte keinen Schimmer, wo sie waren.

Er zuckte mit den Schultern. „Ich glaube, wir müssen einfach aufs Geratewohl losgehen und das Beste hoffen.“

„Warte mal – hörst du das?“

Aus der Ferne drang ein Heulen zu ihnen, das immer lauter wurde.

„Ich glaube, wir müssen gar nicht lange warten“, sagte Anne. „Das sind doch die Huskys!“

Der Hundeschlitten kam in Sicht.

Der Robbenjäger rannte nebenher.

„Hier sind wir! Hier drüben!“, schrie Philipp und lief dem Schlitten entgegen. Anne rannte hinterher.

„Ich befürchtete schon, ihr hättet euch verlaufen!“, sagte der Robbenjäger.

„Haben wir auch!“, gab Anne zu. „Und wir waren auf dem Eis gefangen. Aber ein Eisbär hat uns geholfen.“

„Stimmt", ergänzte Philipp. „Und wir haben Ihre Bärenmasken aufgesetzt. Damit haben wir uns gefühlt wie Bären!"

„Ja, durch die Masken sind wir tapfer geworden", erzählte Anne. Dann hielt sie überrascht inne und sah ihren Bruder an.

„Oh Mann!", fiel es Philipp wie aus heiterem Himmel ein. „Warte mal ... na klar!" Das hatte er doch schon einmal gehört.

Er holte sein Notizbuch hervor und las Morgans Rätsel noch mal laut vor:

Ich verstecke die Wahrheit
und täusche die Welt.
Ich verleihe Tapferkeit dem,
der mich hält.
Wer bin ich?

„Eine Maske!“, riefen Anne und Philipp gleichzeitig.

Der Robbenjäger lächelte.

„Sie haben die Antwort gewusst!“, sagte Anne.

„Aber ihr musstet die Lösung selbst herausfinden“, erwiderte er.

Philipp holte die Masken aus seinem Rucksack.

„Hier“, sagte er, „die Masken waren unsere Rettung. Wer weiß, wie sonst die Bärenmutter auf uns reagiert hätte!“

Der Robbenjäger nahm die Masken und steckte sie in seine Jacke.

„Jetzt können wir wieder nach Hause fliegen“, sagte Philipp.

„Würden Sie uns zu unserem Baumhaus zurückbringen?“, fragte Anne.

Der Robbenjäger nickte freundlich.

„Steigt ein!“, sagte er.

Philipp und Anne kletterten auf den Hundeschlitten.

„Hoh!“, sagte der Robbenjäger.

„Hoh!“, rief auch Anne.

„Hoh, hoh!“, lachte Philipp.

Und während sie über das dunkle Eis fuhren, begann es wieder zu schneien.

Oh nein! Nicht auch das noch!

Als der Hundeschlitten am Baumhaus ankam, hatte sich der Schneesturm in einen Orkan verwandelt.

„Könnten Sie bitte noch einen Moment warten?“, bat Philipp. „Ich muss nur schnell etwas überprüfen.“

Der Jäger nickte. Seine Hunde winselten, als Anne und Philipp durch das Fenster ins Baumhaus kletterten.

Philipp nahm die Schriftrolle, auf der das Rätsel stand, und rollte sie auf. Das Rätsel war verschwunden, stattdessen schimmerte auf dem Pergament ein einziges Wort:

„Wir haben es geschafft!“, rief Anne. „Jetzt wird das Baumhaus uns wieder nach Hause zurückbringen!“

„Klasse!“, meinte Philipp. „Komm, wir sagen dem Robbenjäger Auf Wiedersehen und geben ihm seine Kleider zurück.“

Rasch zogen sie sich aus und standen nun wieder im Schlafanzug und barfuß da.

„V-v-vielen D-d-dank, dass sie uns die geliehen haben!“, rief Philipp durch das Fenster.

Der Robbenjäger kam zum Baumhaus und nahm die Kleider sowie die Stiefel in Empfang.

„D-d-danke für a-a-alles!“, sagte Anne mit klappernden Zähnen.

Der Robbenjäger winkte ihnen noch mal zu und ging dann durch das dichte Schneegestöber zurück zu seinem Schlitten.

Die Geschwister hörten noch, wie er „Hoh!“ rief. Die Hunde zogen an und liefen in die stürmische Nacht hinein.

„Nichts wie weg von hier, ehe wir erfrieren!“, sagte Philipp.

Anne nahm das Pennsylvania-Buch, denn nur mit ihm konnten die Geschwister nach Hause reisen, deutete auf das Bild von Pepper Hill und sagte: „Ich wünschte, wir wären dort!"

Sie warteten darauf, dass das Baumhaus anfing, sich zu drehen. Aber nichts geschah.

Philipp zitterte.

„Ich wünschte, wir wären dort!", wiederholte Anne.

Das Baumhaus rührte sich nicht.

„W-w-was ist denn jetzt los?", fragte Philipp und sah sich um.

Die vier Pergamentrollen mit den gelösten Rätseln lagen in der Ecke.

Plötzlich entdeckte er eine fünfte Rolle! Wo die auf einmal hergekommen war? Philipp rollte sie auf und las:

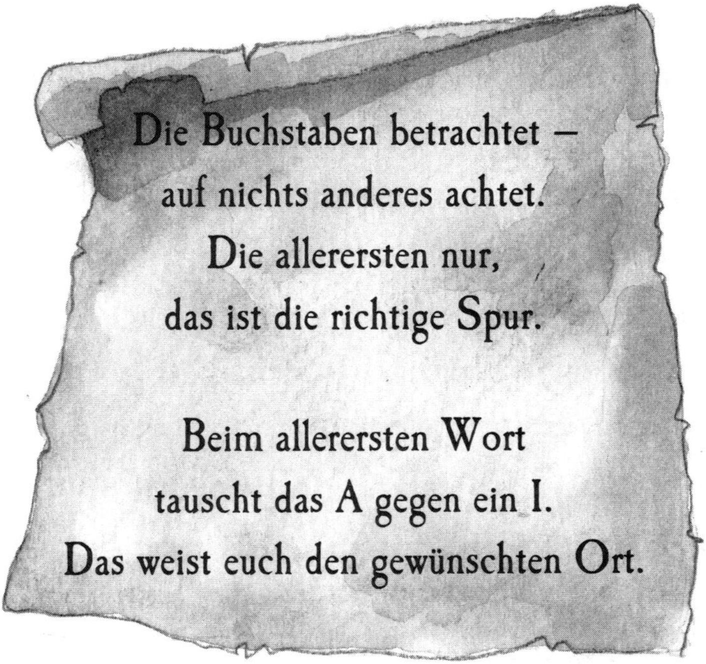

Die Buchstaben betrachtet –
auf nichts anderes achtet.
Die allerersten nur,
das ist die richtige Spur.

Beim allerersten Wort
tauscht das A gegen ein I.
Das weist euch den gewünschten Ort.

„Oh nein!“, stöhnte Anne. „Nicht noch ein Rätsel!“

„Okay“, sagte Philipp zitternd. „Es bleibt uns ja nichts anderes übrig. Versuchen wir es: „Die Buchstaben betrachtet ... auf nichts anderes achtet. Die ersten Buchstaben sind: d-b-b-a-n-a-a ...“

„Das ergibt doch keinen Sinn“, unterbrach ihn Anne. „Außerdem muss das allererste Wort mit A beginnen, sodass wir das A gegen ein I tauschen können."

Inzwischen peitschte eisiger Wind gegen das Baumhaus und trieb nassen Schnee durchs Fenster.

„W-w-wir müssen uns beeilen! Hast du denn keine Idee, was damit gemeint sein könnte?", jammerte Anne.

Verzweifelt sah Philipp sich im Baumhaus um. „Die Buchstaben, die Buchstaben ...", murmelte er vor sich hin.

„Was denn bloß für Buchstaben?", fragte Anne.

Sein Blick blieb an den Pergamentrollen in der Ecke hängen.

„Vielleicht sind die Buchstaben auf den Pergamentrollen mit unseren Antworten gemeint?", überlegte er.

„Komm, versuchen wir es einfach!“, schlug Anne vor.

Sie rollten das Pergament auf.

Auf der ersten Rolle von ihrem Ozean-Abenteuer stand:

Auf der zweiten vom Wilden Westen stand:

ECHO

Auf der Rolle von ihrer Reise nach Afrika stand:

Und auf der letzten Rolle stand:

„Auster, Echo, Honig, Maske ...“, murmelte Philipp, „die ersten Buchstaben lauten: A-E-H-M.“

„Wir müssen doch das A gegen ein I tauschen“, erinnerte Anne ihren Bruder. „I-E-H-M. Das ergibt auch keinen Sinn.“

Philipp überlegte. „Vielleicht müssen wir die Buchstaben durcheinanderwürfeln? Zum Beispiel: M-E-I-H?“

„Hm“, machte Anne. „Oder: E-I-H-M?“

„Oder besser: H-E-I-M?“

„H-h-heim!“, schrie Anne entzückt. „Das ist es! Der gewünschte Ort ist *heim*!“

Philipp rollte das fünfte Rätsel noch einmal auf. Es war verschwunden. Stattdessen stand dort das Wort:

„Juchuh!“, schrie Anne vor Freude. Sie nahm das Pennsylvania-Buch wieder und rief: „Ich wünschte, dass wir *heim*-kommen, heim! Heim! Heim!“

Das Baumhaus begann, sich zu drehen.

Es wurde schneller und immer schneller.

Dann war wieder alles still. Totenstill.

Wahnsinn!

Die Luft war lau. Philipp fühlte sich wohl wie nie zuvor!

„Ihr habt eure Prüfungen alle bestanden!“, sagte eine sanfte, leise Stimme. „Seid ihr froh, wieder daheim zu sein?“

Philipp öffnete die Augen. Morgan, die Zauberin, stand vor ihm im Mondlicht.

„Ja, und wie!“, sagte er.

„Wir haben alle Rätsel gelöst!“, verkündete Anne stolz.

„Das habt ihr!“, bestätigte Morgan. „Und ihr habt bewiesen, dass ihr sehr schwierige Aufgaben lösen könnt.“

Sie griff in die Falten ihres Gewandes und holte zwei dünne, kleine Holztäfelchen hervor.

„Hier sind nun, wie versprochen, die magischen Bibliothekskarten für euch“, sagte sie und gab Anne und Philipp feierlich je ein Täfelchen.

„Wahnsinn!“, rief Philipp begeistert und strich vorsichtig über das Täfelchen.

Es war ganz dünn und glatt, fast wie eine gewöhnliche Ausleihkarte. Auf der Oberfläche schimmerten die Buchstaben M und B.

„Diese Meister-Bibliothekskarten“, erklärte Morgan, „machen euch zu den jüngsten Mitgliedern in der altehrwürdigen Gesellschaft der Meister-Bibliothekare.“

„Und was machen wir jetzt mit unseren Karten?“, fragte Philipp.

„Nehmt sie in Zukunft immer auf euren Reisen mit“, riet Morgan. „Nur ein sehr weiser Mensch oder ein anderer Meister-Bibliothekar kann die Buchstaben darauf sehen. Das sind dann auch immer die Menschen, die euch in schwierigen Situationen helfen können.“

„Irre!“, rief Anne. „Können wir nicht sofort eine neue Reise antreten?“

„Nein, auf gar keinen Fall. Jetzt müsst ihr erst einmal nach Hause gehen und euch ausruhen“, bestimmte Morgan. „Ich werde euch ganz sicher wieder holen!“

Philipp und Anne steckten ihre geheimen Bibliothekskarten in die Taschen ihrer Schlafanzüge. Dann holte Philipp das Arktis-Buch aus dem Rucksack und legte es zu den anderen Büchern von vergangenen Reisen.

„Auf Wiedersehen!“, sagte er zu Morgan.

„Bis bald!“, sagte Anne.

Morgan winkte ihnen noch einmal zu.

Dann kletterten die Geschwister die Strickleiter hinab.

Als sie wieder auf dem dunklen Waldboden standen, hörten sie einen ungeheuren Lärm aus dem Baumhaus. Beide blickten nach oben, sahen einen heftigen Windstoß und ein gleißendes Licht hoch oben in der Eiche verschwinden.

Dann war alles wieder still.

Morgan und ihr magisches Baumhaus waren fort.

Philipp tastete nach seiner

Bibliothekskarte. Erst als er sie fest in seiner Hand spürte, war er sich wieder sicher, dass weitere spannende Abenteuer vor ihnen lagen.

„Komm, lass uns gehen!“, sagte er und machte seine Taschenlampe wieder an.

„Ich finde es im Wald jetzt gar nicht mehr so unheimlich wie vorhin“, meinte Anne, als sie zwischen den Bäumen entlanggingen. „Ich habe gar keine Angst mehr.“

„Ich auch nicht“, bestätigte Philipp.

„Hey, ich glaube, die Dunkelheit ist so ähnlich wie eine Maske“, überlegte Anne laut.

„Schon ein bisschen“, fand Philipp.

„Sie verbirgt den Tag, aber sie macht uns auch mutig.“

Sie traten aus dem Wald heraus.

Philipp konnte schon ihr Haus sehen. Es sah aus der Ferne so warm und gemütlich aus.

Auf der Veranda brannte Licht und am Himmel leuchtete der Mond.

„Da*heim*!“, flüsterte er.

„Da*heim*!“, wiederholte Anne und

rannte los. Philipp stürmte ihr hinterher. Er war froh, wieder zurück an dem Ort zu sein, an dem sie am allerliebsten waren: Daheim.

Philipps Aufzeichnungen über die Arktis:

Robbenjäger tragen Kleidung
aus Robbenfell

Sibirische Huskys ziehen
Hundeschlitten

Iglu heißt Haus

Menschen können von Tieren lernen

Eisbären können auch noch auf
Eis gehen, das zu dünn ist,
um einen Menschen zu halten

Mary Pope Osborne lernte schon als Kind viele Länder kennen. Mit ihrer Familie lebte sie in Österreich, Oklahoma, Florida und anderswo in Amerika. Nach ihrem Studium zog es sie wieder in die Ferne und sie reiste viele Monate durch Asien. Schließlich begann sie zu schreiben und war damit außerordentlich erfolgreich. Bis heute sind schon über fünfzig Bücher von Mary Pope Osborne erschienen. *Das magische Baumhaus* ist in den USA und in Deutschland eine der beliebtesten Kinderbuchreihen.

Jutta Knipping, geboren 1968, hat erst eine Ausbildung zur Druckvorlagenherstellerin absolviert, bevor sie in Münster Visuelle Kommunikation studierte. Schon während ihres Studiums hat sie erste Bücher illustriert. Mittlerweile ist sie freiberuflich als Grafikdesignerin und Illustratorin tätig. Jutta Knipping lebt mit ihrer Familie in der Nähe von Osnabrück.

Rooobert Bayer, 1968 in Wien geboren, machte sein Hobby mit 24 Jahren zum Beruf. Als Zeichner war jetzt kein Blatt Papier mehr vor ihm sicher. Von Karikaturen bis zu Wandgemälden malte er fast alles, was ihm unter die Pinsel kam. Jetzt illustriert er insbesondere Kinderbücher.

Das magische Baumhaus

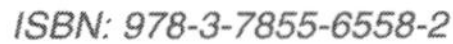
ISBN: 978-3-7855-6558-2

ISBN: 978-3-7855-6493-6

Noch mehr aufregende Abenteuer mit dem magischen Baumhaus.